Посол:разорванный остров

駐露全権公使 榎本武揚

上

ヴャチェスラフ・カリキンスキイ

藤田葵 訳

群像社

ПОСОЛ:
разорванный остров
Вячеслав Каликинский

目次

プロローグ　9
第一章　16
第二章　41
第三章　75
第四章　105
第五章　132
第六章　153
第七章　176
第八章　211

下巻目次

第九章
第十章
第十一章
第十二章
第十三章
第一四章
第十五章
第十六章
第十七章
エピローグ

訳者あとがき

本書では史実と異なる部分がありますが歴史書ではなく
文学作品であるという作者の意向を尊重して原文のまま
翻訳しています。

駐露全権公使　榎本武揚（上）

アラビア数字の傍注は著者による注、＊と〔　〕内は訳注です。

プロローグ

「ミシェル、ちょっとお願いがあるの……ふたつだけ、お約束してくださいな。ひとつは私の頼みを絶対に聞いてくれること……」

「それから？」

ミハイル・ベルグは、目をいっぱいに、あたかも初めて自分のために目を見開いたかのようにして、乙女の細い首に垂れた灰色がかった金髪の重たげな巻き毛を見つめた。手を伸ばしてこの巻き毛に触れたいという欲望と、彼は闘っていた。

「言ってごらん、ナステンカ、恥ずかしがらないで」

二十歳の工兵大隊の少尉補ミハイル・カルロヴィチ・ベルグは、真剣な愛情をこめて自分の婚約者を見つめた。彼は、彼女のあらゆる望みを実行に移す覚悟ができていた。全世界を幸福にしようという覚悟は心の底から恋をしている者特有のもので、この時この士官の心は湧き上がる寛容さで満たされていた。

ナステンカ・ベレツカヤは横目で婚約者をちらりと見た。

「それから、私のことを笑わないで。何よりも、私のこと俗っぽい女だと思わないで。お行儀をわきまえないで、お洋服のことだけ考えているような分別のない女だって」

「約束するよ、ナステンカ！」

「そうよ、私本当にそんな女じゃないの。ほんとよ！　でもミシェル、あなたにはこんないい機会があるんだもの、お願いせずにはいられないわ。約束してくれる？」

「誓うよ！」

「ミシェル、もしほんとにこの春パリに行くことになったら……マスター・ウォルト*から何か持って帰ってきてくれないかしら？」

「マスター・ウォルト？　誰だいそりゃ、ナステンカ。知り合いかい？　それとも親戚？」

　ナステンカは笑い出した。

「おバカさんね。それにしても男の人って……。私だってヨーロッパの奥様方やレディーみたいに、ウォルトの親戚だったらと思うわよ。違うわ。残念ながら、親戚でも知り合いでもないわ。マスター・ウォルトっていうのはね、イギリス出身の有名なフランス人デザイナーなの。パリではクチュールって言うのよ。雑誌でもいっぱい取り上げられてるわ、ミシェル。彼はパリにアトリエを持ってるの。『オートクチュール』って名前なのよ。彼は注文服だけじゃなくて、モデル向けにも服を作るんですって。要はそういう体型の女性向けってことよ、分かるかしら？」

「まだちょっと……」

　自分の婚約を祝して飲んだ何杯かのシャンパンの酔いが、ベルグの頭から抜け始めた。

ナステンカは何分か前に婚約者を無理矢理引っ張り込んだ温室のドアをちらりと見ると、ベルグの首に飛びついた。

「ミシェル、ドレス一枚でいいの！　一枚でいいからウォルトでドレスを買ってきて。そうしたらあなたはペテルブルグ中で一番素敵な、それだけじゃない、一番幸せな花嫁と一緒になれるのよ！　幸せな、嬉しい花嫁よ、ミシェル！　ねえ、お願い、約束して頂戴！」

「ああもちろん、もちろんだよ、何もかもお望みのままさ、ナステンカ！　でも、喜んでもらえるかな？」

フィアンセの髪の匂いで再び目が回るような気がしてベルグはちょっとのけぞり、ふざけて指を立ててからかった。

「僕が君を連れて、服屋に『探検』に行った時のことを覚えているかい？　その時君はリボンか何かを探していたんだよ、ボタンだったかな。もう覚えていないだろうね」

「それがどうしたの？」

ベルグは笑い出した。

「君はさ、ナステンカ、その時なんだか女性用の小物を二時間もかけて探したろう、小間物屋街の店員という店員を駆り出して、見つかるまでずっと……。それが今度は服一枚だ！　僕が女の人の服のことなんか分かると思うかい、ナステンカ？　もちろんそのウォルトに行

＊シャルル・フレデリック・ウォルト（一八二五－一八九五）。オートクチュールの第一人者。

って、一番いいのを頼んでくるよ、心配しないで！　それで喜んでもらえるのかな？」

「やればできるわ、ミシェル！　まずあなたにそのドレスの絵の入った雑誌の『ラ・モード』を一冊お渡しするわ。それからあなたに……。私の仕立てのサイズを教えるわ。だって私たちもう婚約してるのよ。新郎が将来の妻の体形を知っていてもちっともおかしくないわ、そうじゃないかしら？」

顔には優しい笑みをたやさないで、ベルグは「女の世界」とやらで店員と客の冷笑の眼差しを浴びて、しかるべき型の服を選ぶ自分を想像した。くそったれが……。まさかナステンカが、こんな賢い女性が、ロシア将校にとってあるまじき行為があることを分かっていないのか。いや多分、分かっていないのだ。そしてこれからも分からないのだ。パリと聞きつけただけで、もう心ここにあらずだ。もちろんのこと、却下も反論もできない。そんなことをしたら、いきなり指輪を取って突き返すくらいのことをやりかねない。うちのナステンカは、父親に似て鉄のような性格をしてる……。分かったよ、考えてみるか……。

「いいよ、考えてみよう、ナステンカ」もう一度フィアンセの髪に顔を埋めながら、ベルグは声に出して繰り返した。

「約束してくれるの？　ミシェル」

ちょっと体をかわしてナステンカは顔を上げ、物欲しそうに、子供じみた表情でベルグの目を覗き込んだ。

「工兵の約束だ！」ベルグはふざけて踵《かかと》を鳴らした。

少尉補ミハイル・ベルグの軍歴は、五年前に父カール・ベルグに連れられてサンクト・ペテルブルグにやって来た時に始まる。技術学校入校のためには受験に際しての点数が不充分だった。そこで父はほぼ迷うことなく、息子には一から、特別志願兵の学校から軍務を学び始めるのが最適だと決めた。

一人っ子である自分を軍隊の道に進ませようという家族の決定に抗わなかったミハイル・ベルグが最も強く望んだのは、近衛将校になることだった。あわよくば近衛騎兵がよかった。しかし、ベルグ家にとってそのための費用はとてつもないものであると分かった。そこで祖父の例にならい、彼はまずは軍の技師になることに賛同した。それがうまくいかなかった場合、工兵の任務が家族の望みに最も近く思われたのであった。

二年後、ミハイル・ベルグは特別志願兵の学校を卒業した。上申書を提出すると、彼はトルキスタンへ派遣される第七工兵中隊の小隊長の地位を手に入れた。その三カ月後、ヒヴァ近郊での短い激戦のなかで初の負傷をした。負傷の後に最初の受勲があり、その後二つ目の勲章を受けた。

トルキスタン侵攻の終盤、ベルグは少しの間皇帝代理カウフマン大将の参謀本部で勤務した。しかしながら、遠方の守備隊における平時の任務は、若い少尉には気に入らなかった。そこで彼は最初の機会を見つけるやペテルブルグに戻り、そこで近衛工兵大隊の席が空くのを待ち受けて、少尉補の階級で大隊主計代理に任ぜられたのである。

平時の任務は、少なくとも首都の守備隊では若い士官には苦痛だった。カウフマンのトルキスタン遠征時に戦闘を経験して、彼は今やどこででも、どんな敵とでも戦う覚悟ができていた。何よりも平時の下級将校の給料は低く、カード遊びもせず、一切の贅沢を排除しても、ベルグはたった一つのパンと茶を従卒と分け合い、食うや食わずで眠りにつくこともしばしばだった。

豊かでない家庭出身の他の下級将校の大部分はこうした状況にあって斜に構え、借金をしては常に新たな金貸しを探してペテルブルグをうろついた。ベルグは借金はしないように努め、帝国の辺境のどこかで「擾乱」が始まるたびに上申書を何度となく提出した。しかしながら短い派遣に抜け出せたのは――またトルキスタンだった――たった一回で、それすら半年きりだった。大隊へ戻ると、ベルグは新たな戦争の好機を待つようになった。

しかしロシアには当面新しい戦争は起こりそうになく、二十歳の少尉補は結婚と、結果として避けられない退役を考え始めるようになった。だが運命は彼に味方したようである。将校一団が招待されたある慈善舞踏会で、ベルグは運輸省傘下の技術本部長にして三等文官ベレツキイの娘ナステンカに紹介された。

ナステンカの父親は、はじめのうちは娘の新しい知人に冷ややかでこれ見よがしの皮肉な態度を示し、最初の二人きりの面会ではトンネル建設に関する技術的な議論を展開した。しかしながら、若い工兵士官を〈打ち倒そう〉という試みはうまくいかなかった。ミハイル・ベルグは臆せず自らの見解を通し、しばらくすると郵便でベレツキイに自分の分析を添えた雑誌記事の切り抜きを送ってよこした。若い将校の技術的知見に快く兜を脱いだベレツキイは、自分の一人娘が付き合いを深めることをあらゆる方法で奨励し、後に若者の考えが真剣だと確信すると、将来の娘婿の退役後に鉄道省の相応のポストを固く約束したのだった。

言ってしまえば、結婚は充分に価値のあるものとなるはずだった。唯一ベルグが懸念したのは、自身の出自が全くもって裕福でないことであった。広大な領地の長であり、その上金鉱業界の大口株主と判明した人の娘との来るべき結婚は、「金目当ての結婚」というつまらぬ噂を生みかねなかった。しかしここでも運命は彼に味方した。冬にベルグの叔母が死去し、彼を全くもって充分な財産の相続人にしたのである。

こうして一八七四年の早春、ミハイル・ベルグとナステンカ・ベレツカヤは婚約した。結婚式は古いロシアの習慣に従って、十二月に行われることとなった。その間、ベルグ少尉補には思いがけない、だが喜ばしい派遣が決まった。大隊長キリディシェフ公爵が、彼と二名の将校に、回復しつつある負傷兵部隊のスイスの温泉静養に随行を命じたのである。随行者には一週間の休暇を利用してパリへ旅行することが非公式に認められた。それを知るやナステンカは堪え切れなくて、並々ならぬ、どうしても断り切れない依頼をして、婚約者をずいぶんと困らせたのであった。

第一章

一八七四年の早春のこと、馬に乗った少人数の武人の一団が、日本の新都・東京からの長旅を終えて鹿児島に到着した。伴《とも》の歩兵たちは馬列の前に走り出て、跪く平民、職人と商人達を道から追い払った。

陸軍大将西郷隆盛の大きな家の門の前で、この一団はしばらく立ち止まった。西郷は一年前に下野していたが、それでも軍の最高権力を保っていた。西郷の護衛は前もって今回の訪問について知らされており、敬意をもって客人を迎えるようにという命令を受領していた。

しかし陸軍大将の家に入って行ったのは、到着したうちの二名だけだった。大蔵卿大久保利通と、内閣で最も権威ある土佐出身の佐々木高行である。召使いが客人を客間へ案内して座卓につかせ、下女が茶でもてなし始めた。伝統的な習慣通り、家の中にはほとんど何もなかった。部屋には椅子以外に几帳があるばかりだった。およそ一時間後、客も充分に休息をとったと判断して、西郷は客人を自室へ招いた。形式的な挨拶の後、主人と客人はここでもまた座卓に座り、そばで愛想の無い下女がすぐに忙しく動き出した。

客人に多少の食べ物を供し、何杯か酒を酌み交わすと、西郷はようやく、ほんのわずかに皮肉な調子で質問した。

「陛下はいかにおわせられる？」

「お元気にあらせられます、西郷さん。相変わらず女官たち[1]に囲まれて終始時を過ごされ、はなはだ凡々たる歌を倦まずお誦みになります。フランスの野蛮人の葡萄酒をお飲みになり、結果、朝には極度の宿酔《ふつかよい》にお苦しみになられています。新種のニホンショウブの品種改良に取り組もうとされております」

主人は軽い薄笑いを浮かべて唇を歪め、頷いた。まさに予期していた言葉を客人から聞いてしまった。前天皇孝明帝と正式の皇后ではない妾腹の混血児から、ほかに何が期待できるというのか。もちろんこのことで若い天皇の出自が貶められるわけではなかったが、ほぼ常に陰口をたたかれる原因であった。[2]

「そいでおはんらは、こん貧しか家に何しに来んした、大久保はん、佐々木はん」

客人らは顔を見合わせ、やや沈黙した。そして儀礼に従い、より上位で豊かな薩摩藩士出身の大久保利通が口火を切った。

「西郷さん、ご存知のとおり、新政府にはやらねばならんこと、厄介事が多くある。血に染

1　女官は日本の天皇の宮殿にいる著名な日本の貴族の娘で、三百人程度存在。娘をその地位に就かせることができたその父同様、皆影響力を行使し、気に入らない者を皇居へ立ち入らせないことも完全にできた。

2　天皇の母は、間違いなく孝明天皇の妾であった。生まれるとすぐ浴湯の儀を受け、常に丁重な注意を払われた。幼名を祐宮《さちのみや》と言った。八歳になると公式に宮家に養子に出され、睦仁《むつひと》親王の名で皇太子の宣明を受けた。後に天皇として明治（啓発の意）帝の名を受ける。

まった士族の乱や農民反乱が国中で飢えを招いた。近頃では士族は必要がなくなると、国庫を節約するためにお払い箱だ。そして戦《いくさ》のせいで飢えた人が増えた。先《せん》には侍だった者がならず者となって日本国中をうろついている。奴らは殺し、盗み、新政府に逆らう輩を一層扇動しています」

「大久保はん、なんでそげんことおいに話すか。おいが静かな田舎へ逃げ帰って、ここでひたすら目を閉じ耳を塞いで生きとると思うちょるか。黒田清隆少将が早くも昨年の秋に、若き陛下に呈する覚書をおいに見せた。少将は勇敢ぞ。陛下に対し国の惨状を進言することも厭わん。覚書ん中で先ごろの維新は強大な政府を生み出しとらんと直言し、農民が飢えちょる時に許しがたい贅沢三昧に生きる高級官吏数十人の名を挙げた。そいばかりじゃなか。新政府の官吏は自らの真の仕事を軽んじ、祭と気晴らしで時を過ごしておると。こいが政府への嫌悪を呼び、陛下ご自身への不信を引き起こしておると。大久保はん、近頃反乱が起こっとる村落が全県に幾らあるかご存知か？」

「今日のところ、昨年の春から勃発した八十以上の反乱について聞いています、西郷さん。しかし我らの災いはこれに止まりません。英国、フランス、そしてオランダが、我が悲哀の日本との間の強制的で片務的な通商条約によって生じた借金を即時に取り返そうとしております。岩倉使節団の欧米での使命は失敗に終わった。不平等条約に反対する言説は、聞くことすらされなかった！　貴殿の征韓計画は、陛下とへつらうようにその顔色をうかがう連中によって退けられた。それればかりでなく、西郷さん、ご賢察のとおり、ロシアは自国の領土ごしに我が国が韓国との国境に向って軍を進めるのに強く反対しました。その際には樺太の帰属問題はロシアの益になるように解決されうるところちらが駐日公使に明言してもです。西郷さん、だからこそ我らはこのたび貴殿をお訪ねしたのです！」

陸軍大将は薄笑いした。「さようか。じゃが、おいはさような交渉は好かん。まさかそれを忘れた訳ではなかとばい？」

「貴殿の質実剛健はよう分かっております、西郷さん！　しかし、樺太の帰属に関する交渉は、一石二鳥であります」

「本当か？」主《あるじ》は再び薄笑いした。

「さよう、さようであります」大久保利通は熱っぽくうなずき始めた。「ご賢察のとおり、我が政府はすでに何年も交渉を遅滞させつつあります。これ以上先延ばしにすることはできません。しまいには、領地に関する懸案は日本のしこりとなるのです」

「ならば外務卿副島《そえじま》は何ゆえ、近年アメリカがロシアからアラスカを買ったように、その島を買わん？」西郷は大笑《たいしょう》した。「おいが聞く限り、副島はロシアにそう何度も提案したんじゃろうが」

客人同士は束の間眼を見交わした――大将は明らかにふざけ出している。

「ロシアはそのような提案を真面目に受け取ったことなどありません、西郷さん！　日本にそのような取引をする金がないことなど、奴らは日本人と同じくらいよく知っております！我らは今日《こんにち》アメリカやオランダから船一隻あつらえることもできぬのです。いわんや島など！　西郷さん、有り体に言えば……」

　大久保は打ち明けごとをするように声を落とした。

「有り体に言えば、その島を巡る交渉は私自身には無駄に思えます。島の支配は、西洋列強の支援をもって粛々とつづけることができるのです。ロシアは東の国境付近では、我らの動きに抵抗するには脆弱です。さりとて交渉は間も無く始まってしまう！」

　少し間を置いて、大久保利通は考え込んで沈黙した。すると陸軍大将はその餌に食いついた。もう一杯酒を干すと、西郷はわざとらしくため息をついた。

「どうやら、おいは確かに長いこと田舎に蟄居《ちっきょ》し、政《まつりごと》を解することを止めていたようだ。おはんは交渉はいらんと主張するが、交渉を始めようとしている。何のためじゃ？」

「我らの益になるように交渉の事実を利用するためです、西郷さん！　決定がすでになされた今、樺太の帰属に関する交渉を遂行するため、北の蛮人の都へ出向かねばならぬ者の名前の承認について、外務大臣から帝《みかど》にご呈示しなければなりません。在京のオロシヤ[1]の公使は焦れて辛抱できなくなりますぞ」大久保は微笑した。

「その異人が焦れて辛抱できなくなろうが、おいに何の関係がある？」

　西郷は腕を組み、徳利を持って合図を待って控えている下女をちらりと見た。女中はすぐに行儀よく膝をついておじぎをし、客人の猪口に温かい酒を注いだ。

「もちろんです、西郷さん、貴殿を煩わせることではございません。旧来の領土争いを解決する手段としての交渉の事実自体が、我等に並々ならぬ利をもたらすということを申したのです。全て有り体に申しましょう。西郷さん、ご賢察のとおり、我が国の状況は現在のところ我らに不利です。武力をもって睦仁親王を政権から追い出すあらゆる試みは失敗だ。少なくとも早晩挫折します」大久保は急いで言い直した。「しかし、同じことが今後北の蛮人オロシヤとの交渉において、奴らの手をもって可能となるのです」

「そうであろうか？　これまでオロシヤはアメリカやフランスと異なり、我が国に対してきわめて抑制的で正当な政策を用いてきた。我が国の海岸へ軍艦も送らず、砲艦外交をもって日本に屈辱的な条約を結ばせることもしておらん。まさかあの島が、樺太[2]が、奴らにとってさほどに重要な意味ば持つとか？　おいは幾度となくロシア帝国の地図ば見た。あん国は大きく、魚の形をした島は帝国の横にあって、楢の古木の枝に止まる小さか雀のごと見ゆるほどじゃった」

「オロシヤにとって樺太の価値や意味は、その大きさで決まるものではありません、西郷さん。日本について言えば、あの島の漁業だけでも日本の農民にとって大きな意味を持ちます。あの島から我が国へ、米の豊作のきわめて重要な基盤となる魚肥のほぼ三分の一が入ってきているのです。のみならず、樺太には豊富な石炭の備蓄があります。改めて申します、問題はそんなことですらありません。軍事上の、戦略上の意味でもありません」

「では何が問題ぞ？」

1　当時の日本ではロシアをこう呼んだ。
2　サハリンの日本名。

「西郷さん、ご賢察のとおり、これまで我が国政府は駐露公使の候補を確定できておりません。日本には、欧州の性質と習慣を知り、不可欠となる国際法の知識を持つ人材が非常に乏しい。我らは野蛮人の世界から切り離されて、余りに長いこと竹の帳《とばり》の後ろにいすぎたのです、西郷さん！」

「して、そこに何の悪いことがある、大久保はん？」

大久保は慌てて同意した。「もちろんございません！　我が国の過去の鎖国は、先ごろ、また今後、我らの助けになりうるものです！」

「はっきりものを言わんか、大久保はん！」西郷は辛抱ならなくなった。

「はっ！」客人ははじかれたように立ち上がると、深々と頭を垂れた。「西郷さん、我らは貴殿の知己榎本武揚を駐露全権公使として任命するよう謹んで陛下にご進言あらせられたいのです」

陸軍大将はこの名前を聞いて驚きはしたものの、そぶりは見せなかった。むしろ逆であった。西郷はあたかも聞いたことが予期したことと合致していたかのように、憮然として僅かに頷き、箸を取り上げた。串に刺した新鮮な鰻《うなぎ》の焼き物を素早く挟むと、口に入れて嚙《か》み、少し曲げた両腕を腿《もも》に据えて反りかえった。

榎本、榎本武揚……。むろん西郷はこの名前を知っていた。徳川将軍がその献身ゆえに近くに置いた侍、旗本の家の次男である。家族に長男があると、旧来の律令により次男は実質的に称号と財産を受け継ぐ権利が制限され、武揚はは自分に頼るしかなかった。そこで十七歳のとき生地江戸を出て長崎へ向かい、オランダ人が開校した海軍伝習所へ入校する。卒業するとすぐ、早くも昨日までの同級生を教える教官として伝習所に招かれた。そして間もなく有能な若い航海士の小集団の一員としてオランダへ派遣された。前政府の幕府が日本初の軍艦を注文していたのである。伝習生たちはオランダ製の軍艦の建造工程を視察し、オランダの船大工の秘術を深く理解するだけでなく、日本で知られていなかった欧州の科学を充分に習得することとされた。六年後、伝習生たちは「開陽丸」と名付けられた軍艦に乗って凱旋し、榎本は大佐の階級と幕府海軍副総裁の地位とともに、開陽丸を自らの指揮下のものとして受領した。

若き侍の経歴はとんとん拍子に進んだかに見えたが、まもなく同様にあっけなく転落した。忠実な幕臣にして徳川将軍の士族として、榎本は王政復古に際して反天皇方につき、反乱を起こして開陽丸と七隻の巡洋艦を蝦夷《えぞ》へ奪い去った。そこへ将軍の味方が合流した。蝦夷は天皇政府に対する叛徒の大きな前哨基地となるだけでなく、天皇政府にとっての現実の脅威となることが、ほぼ現実味を帯びたのである……。

陸軍大将は考え込んでいたが、ふた切れ目の鰻を口へ放り込むと、ついに客人に向かって重たげなまぶたを揚げた。

「そん榎本は蝦夷を奪い、しかし五稜郭の戦で矢折れ刀尽き、真の侍として自ら命を絶たねばならん。しかし奴は刑に服する恥を選んだ。これはおいの理解を超えておる、大久保はん！　より正しく言わば、侍の誇りの道についての、おいの理解を超えておる。奴の軍の階級も、階級により許されていた全ての特権も奪われた。それが大久保はん、おはんは今、このおいに、全権公使任命のため帝に榎本を候補として進言せよと言うか？　そんな進言をする陸軍大将は頭がおかしくなったと帝が思われてもおかしくなか」

「新しい時代は新しい決定を必要とするものです、西郷さん！　のみならず、なんといってもこの榎本、最も教養ある日本人の一人で、西洋列強の万国法に明るい男であります！」

「大久保はん、たとえそうだとしてもだ！　いかなる博識も功績も、祖先の法を忘れた侍の恥は塗り替えんとおいは思うちょる。おそらく蛮人に囲まれて我が国の外に長いことおったことがすべての元ばい。それでも帝の目には結局榎本はかつての叛徒、国賊として残り続けるだろう。もし黒田清隆少将の仲裁なくば、奴はとうに死罪だ！　おいの記憶では、榎本は三年で刑期を終え、少将の仲裁のおかげで再び出獄した！　陛下はむろん、若く経験がない。その上フランスの葡萄酒を飲み過ぎて宿酔となり、段袋《だんぶくろ》ば下ろして女官の尻を追い回すだけだ。しかしながら、かように浅薄な若様だろうと、先の叛徒にして国賊は都から遠く放し置いた方がよいことはよう分かる――そいで奴は遠か田舎の高級官吏として蝦夷へ送られたんばい。いんや、まさか榎本を我が国の益を代表して蛮人のところへ送るなぞ帝は考えも及ばんじゃろう！」

　やや沈黙して、西郷は客人に試すような視線を投げかけた。

「大久保はん、むろん、おいは榎本が蝦夷へほぼ全艦隊を持ち去り、島を占領して、忠実な徳川の家臣として当然あるべく、頭を垂れて島と七千人の兵を差し出したのを覚えておる。

対する徳川はむろんこれを拒んだ。が、おはんが知っておるように、幼い混血児に対する大いなる敬意からではなか。榎本の企てはそもそも見込みばなかった。あのように孤立した土地である蝦夷地に未来はなかった。むろん、おいは榎本のような男は気に入っておる——奴の忠義には賛成する。しかし、おいの進言は東京でどげん見られるか？　もし敵方の士族出身の男を弁護するなら、西郷は気が狂ったと宮中で即座に噂が広まるだろう！　あるいは逆に、どげん秘められた目論見がおいの頭にあると思われるか？　そして悪巧みを勘付かれたというだけで、おいは職を解かれる！　そいばかりじゃなか、おいが知る限り駐露公使の責務には、元外務卿澤宣嘉《さわのぶよし》を任命することになっちょるはずだが……」

佐々木高行が大蔵卿を素早く見やり、難航する会話に身を呈する覚悟を示して前へ進み出た。大久保がほんの僅かに頷くと、佐々木は自信たっぷりに語り出した。

「榎本の公使任命は黒田少将が主導されることになるでしょう。これには誰も驚く者はおりますまい。特に黒田少将が、榎本軍将兵を粉砕して以降、帝に暴徒の刑を減ずるよう嘆願していたのは皆知っております。後に黒田少将の嘆願書により榎本は出獄し、蝦夷地の開拓使の地位を得ました。榎本にまことの父のような気持ちを持っている御仁が、三度目の嘆願を出されることを訝《いぶか》しむ者はおりません。西郷さん、古い知己の黒田少将を助け、貴殿は政府の賢明さを披見されることになる。なぜなら既に話が出た通り、榎本は今日最も教養ある人物の一人なのですから！　澤宣嘉においては、重病でロシアには行けません」

陸軍大将は考え込んで頷いたが、眉間の縦じわはまだ消えなかった。佐々木を一瞥しただけで、西郷はわざと大蔵卿の方を振り向いた。

「大久保はん、オロシヤのことを忘れてはいまいな。仮に宮中でおいや黒田少将の言うことが聞き入れられたとしよう。しかしオロシヤ政府は、奇跡的に首の皮一枚つながった叛徒にして国賊を介して国家交渉を行うことに決して肯《がえ》んじるはずがなか」

「オロシヤについては、奴らは我が国にいるほかの蛮人同様過去の榎本を全く知りません！私は方々へ照会し特別に調べました、西郷さん！　今日日本には榎本の反乱を見た外国人外交官は一人としておりません。反乱の結果榎本方が全滅したことも、軍法会議にかけられて牢へ送られたこともです。そして奴はいかなる騒ぎもなく出獄しました。暴徒の減刑を公表することを、帝も、黒田少将も、榎本自身もよしとしなかったからです。かくて奴は蝦夷へ去り、以来東京には姿を現していない。ロシア代理公使のビュツォフが来日したのは、閣下が言われた一連の出来事の二年後です。その時榎本は東京の牢獄に鎮座していたのです」

西郷隆盛は物思わしげに頷いた。

「我が国にはオロシヤの者は、どう見積ってもフランス、イギリス、ドイツなどのほかの蛮人と比べ随分と少ない！　おいの知る限り、我が国の言葉や習慣、好みを知るオロシヤの者はほとんどおらん。加えてオロシヤ人は、我が国の人々の家を訪れること、地の人と和することを禁じられておる」

「西郷さん、我が国との境界線の問題を可能な限り早期に片付けたいというオロシヤの望みは余りに強い故、帝が任命した罪人の過去をほじくり返されることはまさかありますまい！

オロシヤの皇帝と政府は、我が帝の信任状と御璽《ぎょじ》を持った日出づる国の公使を受け入れる準備ができることでしょう、たとえ帝が誰を任命されようとも！」

「しかし、それでも榎本の過去が騒がれれば、それは我が国の恥となる！」

「日本の恥ではない、西郷さん！」大久保利通は前のめりになり、陸軍大将の顔を食い入るように見つめた。「日本の恥ではない！　帝の恥となり、オロシヤ皇帝への大いなる辱めとなるのです。我らの計画はそこにあるのです、西郷さん！」

陸軍大将の濃い口ひげの毛がぴくりと動いた。彼は敢えて分かるようににやりと笑った。

「ははぁ、そういうことか……。我らは減刑を受けた叛徒に重要な任務を与えてロシアへ送り込む、ロシア皇帝は交渉のただ中に、御名《ぎょめい》の信任状は国賊から受け取ったと知る……。面白い……。ではロシア皇帝はそこでどげんするち思うか？」

「ロシア皇帝は自分と皇室全体が侮辱されたと見るに違いありません、西郷さん。公使は十中八九ロシアの牢獄へ入れられ、皇室不敬のかどで死罪にすらなりえます。肝心の樺太をめぐる交渉は必然的に妨げられ、問題は長きにわたり俎上に上らない。日本はその間、島の領有を続行します。オロシヤの和解できぬ敵国イギリスの支持を取り付けることすら可能です。」

睦仁親王におかれては……」

「分かっておる。頭の足りぬ我らが若き帝は、突然起こった国際的な醜聞の結果、顔を潰され、全ヨーロッパの政府の前に信用を失う……。かくて、我らはその出来事に乗じることができる……」

大久保利通は立ち上がり頭を垂れた。「分かりが早くていらっしゃいます、閣下！」

「まぁ、悪くない企みには違いなか」陸軍大将は客人の頭を見下ろして頷いた。「残るは帝にかような任命の必要性を納得させることだ。帝は澤の大病をご存知か？」

「もちろんでございます。澤はまだ生きておりますが、早晩死にます。西郷さん、帝は必ずや閣下のお言葉を聞き入れられるでありましょう。のみならず、改めて申しますが、榎本は最も教養ある日本人の一人であること、間違いございません。そして黒田清隆少将のお考えを支援される貴殿のお声は、必ずお役に立つでしょう。いずれにせよ、きっとそうなるでありましょう！」

「黒田少将には貴下の計画を打ち明けちょるか？」

「もちろん、そうはしておりません、閣下！　黒田少将には密かに知らされることになるでしょう。少将は、新たな重要な任命により、榎本が帝からついにご信用とご好意を取り戻したとお考えになるでしょう」

「そうだかな。ともかくも食事を済ませよう。その後はおはんは休むがよか。夕刻おいの最後の答えを伝える……」

＊　＊　＊

一八七四年一月に前公使ビュツォフの後任として日本に着任したロシア総領事兼代理公使

のキリル・ヴァシリーエヴィチ・ストルーヴェは、ロシア帝国外務大臣のゴルチャコフから非常に明確な命を受領した――いかなることがあっても日本に内政干渉してはならず、日本政府の完全な信頼を可能な限り早く獲得するよう努めなくてはならない。東京には四等文官兼三等宮内官がサハリンに関する交渉を再開するための全権を持ってやってきて、即刻当該問題に関するロシアの姿勢について進言した。サハリンを横切る陸上の国境線では、頻発する日露両国の居留民間の対立を未然に防ぐことはできない。ストルーヴェはタタール海峡に海上国境を設ける日本側の案も、ロシア艦隊の太平洋への進出と極東地域の防衛に関するロシアの利権を妨げるものとして即座に退けた。

総領事は交渉がなし崩し的に引き延ばされてゆくことは覚悟していたが、まさに二度目の日本の外務卿との面会で、交渉を継続するという日本側の意図を期せずして表明され、相当度肝を抜かれた。しかし交渉はここ東京ではない、サンクト・ペテルブルグでだ。

「我々の隣国関係を鑑みると、恒久的外交関係を確立する必要を感じます。我々は近々にも公使館を相互に設置することを貴国政府へご提案申したいと存じます。樺太、あるいは貴国で言うサハリンに関する問題を我が国の外交交渉における最重要課題とさせていただきたい」

この日本政府の発案が、間もなくゴルチャコフの知るところとなった。賢明な大臣はこの新たな主導の裏に隠された文脈を読み取ったのだが、このような提案を退けるまでもなかった。

外務大臣はアレクサンドル二世に付言した。「特命全権公使を我が国へ派遣したいという要望は願ってもないことです、陛下。さりながら、サハリンを巡る交渉を自らの側から遠いペテルブルグへ追いやって、日本は間違いなく本件のさらなる先延ばしを当て込んでおります。陛下、お察しください。日本国外交官が我が国領土に敷かれた電線で自国政府と機密電報をやり取りすることに賛同するとは思えません。といって配達員を使って手紙を出せば、片道二、三カ月かかります……」

アレクサンドル二世は励ますように古参の右腕に微笑んだ。「そなたの心配はよう分かる、公爵。しかしこれ以上どうするのだ。健全な外交関係の確立を拒んではなるまい」

「それはそうです、陛下……」

「心配するな、外相！　ここペテルブルグで、そなたが我が国の東の国境問題が完全に我等に有利に解決されるように日本国公使を操れることは間違いない。ロシアの諺を思い出してみよ、『我が家では、壁も助く』というではないか！　ところで、ストルーヴェは日本国公使の候補者について何も言わなかったか？」

「それにつきましては、何も分かっておりません、陛下。ストルーヴェは、特命全権公使の名前はミカドから伝えられると考えております。謁見はもう設定されております」

「ふむ。で、そなたはどう思う、公爵？」

「なんと申せばよろしいか、陛下！　日本にいる我が国外交官と公使たちからの報告から言えますのは、日本の外交官は程度が低いということです。日本は長きにわたり鎖国状態にあり、自ら外交関係を持ったことはなく、外国人と好意的に接したこともありません。ヨーロッパ式の教育を受けた日本人は指で数えられるほど、それも、片手で足りるほどと思われます、陛下。しかもヨーロッパにいたことのあるものは、それより僅かに多いくらいです。主に船乗りです。ですから政府も国を離れることを致し方なく許したのです」

アレクサンドル二世は考え込んで頷いた。「すると、ヨーロッパの大使館から誰かを当てがってくるかもしれないな。言ってみれば、二等国から一等国に連れてくるわけだ！」

「ヨーロッパ列強で日本が大使館、領事館を置いているところはかなり少のうございます、陛下。イギリス、フランス、オランダ、プロイセン、ポルトガル。これだけかと存じます！」

「なんたること、ロンドンの大使館から誰かを『投げて』くることにはならぬとよいが」皇帝は重い溜息をついた。「任命に先立ってイギリス人どもがそいつを仕込んで洗脳し、我らが後で吠え面《づら》をかくような……」

「今に分かります、陛下！」ゴルチャコフは老人特有の膝関節が割れるような音をさせて椅子からよいしょと立ち上がり、頭を下げた。「それでは陛下、重ね重ね失礼お許しくださいまし。ただでさえ謁見時間外なのでございますから」

アレクサンドル二世は吹き出した。「おべんちゃらを言うでない。朕《ちん》はいつなりと、そなたと会うのを楽しみにしているのだぞ」

＊　＊　＊

ストルーヴェは神聖なる明治天皇の前で求められている振る舞い方に従い、肘掛け椅子に微動だにせず鎮まっている人に向かって目を上げなかった。そのため、日本政府貴族院の大臣の手からどしりとした印を押され紐に巻かれた巻き物を受け取って、肯《がえ》んぜぬようにかぶりを振ることをためらわなかった。

「陛下！　我がロシア皇帝の名において、駐露特命全権公使の候補者問題を早期に解決することに深い感謝の意を表明いたします。しかしながら、皇帝陛下のご意思を信じて疑わぬ私としては、皇帝アレクサンドル二世陛下は日本海軍の大佐にすぎぬ者の手から信任状を受け取ることはできないと思われるであろうことを僭越ながら申し上げます。ロマノフ王朝の儀礼では、公使にはより高位の者が求められております」

天皇は依然として黙し、代わって大臣が口火を切った。

「公使殿、既にご説明しましたが、日本海軍の階級表の中で、大佐は最高位でございます！」

「大臣、誠に遺憾であります。お言葉ながら申し上げますと、貴殿の仰る今般の『階級表』の明らかな不備は、間違いなく日本国海軍の若輩ぶりによるものです。今日まで貴国には将官の必要はなかった。しかし大臣、おそらく歴史上新たな時代に突入しつつある日本には、早晩、当階級表の変更が求められるに違いありません。我が帝国にあっては、その面目尊重とともに、宮廷での儀礼とを敢えて求めるものであります」

「どうやら歩み寄れぬ問題に突き当たったようですな、公使殿！」大臣はこの北の野蛮人の厚かましさに明らかな怒りを見せた。何とか意思の力でそれを抑えようとするようであった。

「謁見はこれまでである、公使殿！」

公使は一度頭を下げると、帝に背を向けないで低めの台の端へ移動し、脇へ下がるべく、もう一度頭を低くして後ずさった。

その時である。じっと動かずにいた明治天皇の人影が少し揺れ、その動きに気づいた大臣が大慌てで帝の方へ全身を向けた。

「なぜ歩み寄れぬ問題なのだ、大臣。朕にはロシア公使は正しく思える。日本が将官を必要とすることについて、早晩我らは思いを致すことになろう。この問題、なぜ今解決してはいけぬのだ、我が国の目前にはもっと重要な問題が差し迫っているというのに」最近二二歳になったばかりの天皇の声は、まだ若者に特有の柔らかいもので、いささか決まり悪そうな響きであった。

「しかし、スメラミコト……」

天皇は立ち上がり、刀の柄に両手をかけて数歩前へ進み、公使の方へ僅かに頭を傾けた。

「公使、お下がりください。しかし貴下の言葉は必ず検討する。最終的な答えは明日には必ず届けよう」

翌日正午にロシア代理公使は再び宮中へ呼ばれ、既に明治天皇は不在であったが、特命全権公使榎本武揚に日本海軍中将の位を与えるという御名の勅令を手交された。

宮中から下がる際、早くも馬車の中で、ストルーヴェは帝から渡された羊皮紙の巻紙で向かいに座っている付き人の膝をつついた。

「はてさて、イワン・ニコディームィチ、いかにしてもこの者について知ることはできなかったのか？　何と言ったかな、エノ、モ、ト、タ—、ケア、キ—、とやらだ」公使は勅令のフランス語訳を一音節ずつ区切って読んだ。「宮中にはそんな奴はおらんようだ」

「そんな島国の猿のことなど分かりようはずがありません、閣下！」付き人は即座に忌々しそうに応じた。「下品な表現、お許し下さい。二日かかってほとんど手がかりなしです！　榎本の血筋は、この国の貴族、奴らの言葉で言うサムライの中でも最高です。今般の命あるまでは、日本北部の島ひとつ、今ではホッカイドウと呼んでいますが、エゾの長官代理をしておりました。若かりし頃はこの国のオランダ流の海軍学校を首席で卒業し、卒業後はヨーロッパで六年間様々な学問を学んでおります。オランダ人艦長に代わって、同国で建造された船に乗って日本に帰国すると、前政府バクフで大佐の階級と海軍副総裁の任務を付与されておりました。そして新政府では島の長官代理となったわけです。ロシア語で申せば、総督といったところです」

「海軍副総裁から辺境の島の総督に？　ふむ……そりゃイワン・ニコディームィチ、体良《てい》く追放されたと同じではないか」代理公使は、巻紙で鼻の先を叩きながら指摘した。「しかし体制が変わる時はよくあることだ。ところで、奴について我らの友好国オランダは何と言っておる？」

「彼らは何も知らぬのです」付き人は溜息をついた。「バクフが崩壊し、天皇政府が樹立されて以降、以前いたオランダ人達は日本から出て行ってしまいました。外交界で言われる『好《べ》ましからざる人物《ルソナ・ノン・グラータ》』になったのです。ショウグンを支持していたためです。後に再びやってきた奴らは何も知りません」

「やれやれ、エノモトとやらなど、どうでもよいわ」公使は手を振った。「どうせ中将になったばかりの人間だ……大方、宮内大臣のアドレルベルグ伯爵はもはや突っぱねんだろう。しかし、それでもイワン・ニコディームィチ、お前はその公使その者に注意し、探っておくのだぞ」

＊　＊　＊

次期日本国特命全権公使の名前がロシア公使に伝えられてから四日後のこと、北海道の海岸に政府の使者が下り立ち、港の番人に開拓使長官黒田清隆の私邸まで早馬と案内人を求めた。番人は天皇の印のついた短い銅製の笏《しゃく》を見て最敬礼し、即座に使者の指示を実行に移した。

政府の使者は榎本武揚宛ての二つの巻物を渡した。一つは明治帝本人の碧玉の印が押されており、二つ目は内閣大臣黒田清隆家伝の丸い印が押されていた。

天皇の巻物には、明治帝の慈悲により榎本武揚は大佐の階級に戻すと記されていた。榎本は新しい命を受けるため、急ぎ宮中に呼ばれた。黒田の方は自分の書簡で、重大な話をするため大急ぎで東京の自邸へ榎本を呼び寄せていた——しかも宮中へ行く前にだ。

自分の旅はせいぜい一週間、長くとも二週間で終わるだろうと見た榎本は、自分の一番の腹心に指示を出してから一時間も経たないうちに、新都・東京へ向かった。東京がまさか地球半周向こうへの新たな旅路の出発点にすぎないとは、また日本との別れが爾後四年に亘り、蝦夷――北海道島の草むした丘には二度と戻らないことになるとは、榎本は知らなかった。

黒田清隆は、言ってみれば二つの家に住んでいた。東京と自らの仕事の対象である北海道に別邸を持って暮らしていたのである。内閣の方針に従って、北海道の入植、自然資源の開拓に取り組んだ。黒田はかつての戦場での敵対者、後にお気に入りの右腕となった男を東京の私邸へ迎え入れ、すぐに高い石塀で囲まれた広大な庭の並木道の散歩に誘った。

二人は、過ぎ行く冬の湿り気と寒気がまだ残っている白い砂利で埋め尽くされた小道をゆっくりと歩いた。桜の花咲く時期はまだ到来せず、黒い枝の上で膨らむ花芽がもうすぐ自然の絶頂が来ることを教えていた。榎本は刀を腰に差さないほかは武士の慎ましい伝統的な服装に身を包み、礼を失さない程度の好奇心を持って日本では新しい西洋風の平服を着た上司を見やっていた。

庭で黒田は榎本に、帝の大いなる慈悲、榎本を在ロシア帝国特命全権公使に任命する知らせについて話した。もう一つの知らせは、任命と同時に榎本はこれまでこの国になかった、日本国海軍中将の階級を得るということだった。

榎本は自分より高位の黒田に慇懃に質問した。「陛下は、私がオランダで学んだ多くの西洋の学問の中に外交術はなかったこと、ご存知あらせられるのでしょうか」

「貴殿は頭脳明晰だ、榎本さん。頭脳明晰で、生まれつき血筋がよい。この二つは、新たな道でいかなる困難があっても乗り越えるのに役立つだろう」

「ご期待に応えられるよう努力します、閣下！　閣下ご自身が、私の名を陛下に示されたのではありませんか？」

黒田は首を振った。

「貴殿の名を陛下に申し上げたのは別の者たちだ。わしはその者たちに賛同しただけだ」

「黒田閣下、別の者たちとは誰か伺ってもよろしいでしょうか」

「貴殿を公使に任命すべく推薦したのは、陸軍大将西郷隆盛、また大久保利通からだったと聞いておる」

当惑を一切顔に出さず、新任外交官は旧知の侍の率直さに感謝して頭を下げた。黒田が名を挙げた高位の貴族は両方とも徳川将軍の最大の敵で、榎本は徳川将軍のために、天皇に対する武装反乱を起こしたのである。自らの運命を完全に打ち砕きうる人間に対して、なぜ彼らは大いなる誇りと信頼を見せようというのか。

榎本の心を読み取ったかのように、黒田が励ますように微笑んだ。

「冬来りなば、春遠からじだ、榎本さん！　敵ですら、貴殿がヨーロッパで身につけた知識に対してしかるべき評価をしているということを誇りに思わねばならん。わしは正直に言って、日本中で貴殿ほど教養ある人物を知らぬ。教養があり、困難な任務を携えてロシアへ赴くに相応しい人物をな」

「ありがたきお言葉痛み入ります、閣下」

「今や貴殿は宮中へ参内し、ロシア皇帝に手渡すための信任状を貴族院議長から受け取らねばならぬ。戻ってきたら、外務卿に引き合わせよう。ロシアとの話し合いのための綿密な訓令を渡されるだろう。後々、通詞と、もう一人共にロシアへ赴く人物と会うだろう」

「その者は無論、露語が達者なのですな？」

黒田は肩をすくめた。「間違いなく達者だ。わしが知る限り、海軍中尉志賀浦太郎が露語を学んだのはかの国の艦艇で見習いをしていたときだ。艦艇が定期的に我が国の海に表敬し、軍駐留と国家的関心を意図していたときだ」

やや黙して、榎本は恐る恐る具申した。「閣下、ご記憶でしょうか。私はドイツ語、フランス語、フランス語を自由に操ります。私の知る限り、ロシアではフランス語は第二公用語ではありませんでしたか」

「さは然りながら、これは命令だ、榎本さん！　通詞志賀を伴って行くのだ。貴殿も知っての通り、命令は審議するものではない、実行するものだ」

「私の忠誠をお疑いなさいませんよう、閣下！」榎本は黒田に深々と頭を下げ、ややためらったのち続けた。「ことに、閣下のご命令とあらば……」

黒田は首を振った。

「志賀浦太郎中尉の任務に関する命も、わしが与えたものではない。大使館書記官、足利留夫中尉についても同様だ。この者は露語を知らぬ、それは確たることだ。しかし、上の者のほうがよく見えていると言うであろう。そうだ、実際何の問題がある？」

「仰る通りです。何の問題がありましょう！」榎本は懸念を隠して答えた。

榎本には考えるべきことがあった。思ってみなかった帝の慈悲、それもかつての敵方西郷隆盛の呈示である。かつ、赴く先の国の言葉をきちんと知らぬ、どこの馬の骨とも知れぬ大使館書記官。さらには、その者の任命についての命令もどうやら西郷隆盛か、その一味が発したのだという……。

＊　＊　＊

ロシアとの交渉を始め、特命全権公使を任命するという天皇の決定に対する日本政府の反応は、かなり冷ややかなものだった。それよりもっと活況を呈したのは、日本史上初の中将の軍服についての思ってもみなかった問題であった。大臣たちは申し合わせたかのように、この問題を起点に、軽薄なヨーロッパであれば茶番と呼んだであろうことをやってのけた。政府の会議には次から次へと次期公使の軍装の下絵が提出され、そのうえいつも、提出された絵は大勢によってうまいこと却下されるのだった。東京では、日本初の中将に相応しい軍服を作り出すべき芸術家と仕立屋に対する尋常でない需要が沸き起こった。

ようやくこのことに関する姦《かしま》しい議論や喧騒を打ち切ったのは、公使がヨーロッパへ向かうのに乗る必要のあったイタリア商船の船長の断固たる通達だった。公使が指定の時期にロシアに到着するには、これが嵐の時期の前に出発する最後の船であった。イタリア人船長は日本の伝統やら習慣やらを余り尊重しないで、公使が乗船しようとしなかろうと、船は三月十日に横浜を出発する、と告げた。

これまでと違って、今後日本の港での停泊を禁止すると船長が脅されることはなかった。それにまた彼の言葉は支持され、日本にとってきわめて重要な意味を持つ問題の解決を〈助けた〉ことを感謝されすらした。一八七四年三月十日、特命全権公使と二人の同伴者は予定されていた商船の船室に身を置き、日本を出発した。政府の方は、自ら毎日宣言している節約原則を忘れたかのように軍服の下絵を仕上げ、それを公使のすぐ後から国で最速の軍用帆船で発送する決定を下したのだった。

第二章

ナポリ湾からの風がふわりと総領事の部屋へ吹き込んだ。だが風はすぐに窓の重たいカーテンにからみつき、膨らまそうとし、半開きの扉や窓から床を這って、並んだ部屋に這い込んだ。風と共にいつもの街頭の喧騒――引き売りの甲高い声、絶え間ない地元の住人たちの罵り合い、周囲の子供達の金切声と大きな笑い声が館内に入り込んできた。

このナポリのがやがやした〈交響曲〉が束の間止んでいるのは夜半過ぎの数時間だけなのだが、スピリドン・イワノヴィチ・デンドリノは在イタリア総領事としてここに二年間駐在しているうちに馴れっこになってしまい、仕事も睡眠も邪魔されることはなくなっていた。むしろ逆にデンドリノは通常夜明け前、一帯を支配し始める静けさでふと不安になって目が覚めてしまうこともしばしばだった。

一八七四年五月七日、デンドリノはいつもの時間に目が覚めた――マホガニー製の大きな置き時計が、朝七時十五分を嗄《しゃが》れた鐘の音で知らせていた。

この日総領事は起き上がりたくなかった。昨夜一時頃まで、王室の新たな命の誕生を祝して催された会合のためオランダ大使館にいたのだ。デンドリノは、主催が他人であれ自分であれ、一連の絶え間ない儀典会合に死ぬほど退屈していた。しかし逃げ場はどこにもなかった。総領事とはそういう仕事だ！　オランダ大使の公邸がすぐ隣に、ゆっくり歩いても十分のところにある、何とありがたきことかな！　おかげでデンドリノは最初の機会を見計らってオランダ大使館からこっそり抜け出し、総領事館へ急いでやってきて、ロシアから届いた夕方の郵便物を処理する仕事にたっぷり二時間は没頭したのだった。

手紙はいつも通り、ずいぶんたくさんあった。本国外務省から、一部はゴルチャコフ外相からの回覧文書や指示に加え、ローマのロシア大使館官房からの文書の山、そしてイタリアも本国も含めた各局、省庁、機関からの申請、依頼、報告が入っていた。やれロシア人水夫が地元の酔っ払いだか官憲だかと港で喧嘩したの、定期的にやってくる商人が楽しい夜を過ごしたあげくに身分を証明する文書を失ってしまったのと、現地のことでも雑務はもう充分だった。女性問題には用心深い貿易商が、地元の詐欺師の魅惑的な〈歌〉にしばしば引っかかっては総領事館に駆け込んできて、哀れっぽい訴えと依頼でもってせめて帰路の運賃だけでもとせがむことがあった。

総じて言えば、総領事の生活は全く退屈とは言えないものだった。四五歳のスピリドン・イワノヴィチ・デンドリノが折に触れて、自分はもう充分老いた人間で世界の全てのことの無常について静かにゆっくりと考えに耽るにまさることはないと考えるほど、退屈とはかけ離れていた。

さてこの日もいつも通りの時間に目覚めたものの、総領事は突如、もう一度シーツに潜り込み、もう二、三時間眠ろうとしたいという抑えがたい欲求を感じた。起きたときには、未決の文書と危急の返事を待っている書簡と要請がだだっ広い総領事の机の上にもはや見えなくなってくれれば……。

　悲しいかなこの世には奇跡は起こらないのだ――ことにこういう公職では。いまいましい紙切れは、その数が増えこそすれ、机の上からどこにも消えてなくならない……。

　突然寝室の扉の向こうに、おなじみの轟音が響き渡ったかと思うと、男と女の罵り合いの甲高いやり取りが聞こえた。デンドリノはため息をつくと、憎々しげに目でベッド横の小机を探した――扉に何を投げてやろうか、いやむしろイタリア人召使いの軽薄な頭に一発お見舞いしてやったほうがいいか？　タバコの箱を投げつけたが扉に当たらず、重たいカーテンに柔らかく当たって、ほとんど音もなく寄せ木の床に滑り落ちた。

　ドアの向こうの罵り合いは、遠ざかりながら止んで行った。その後から再び何かが大きな音を立て、召使いセルジオのもじゃもじゃ頭がにゅっと突き出された。

「お早うごぜえます、旦那様！」何食わぬ顔で大きな水差しを見せながらセルジオはところどころ歯の抜けた口でにかっと笑った。「起ぎでお顔洗う時間でずー、お水お持ぢしましだぁ」

　召使いはイタリアのどこか北の方の出身で、総領事はこの強い訛りに苦労することがあった。

「『お水お持ぢしましだー』……」デンドリノはベッドに腰掛けて召使いの真似をした。「家の中で馬車ごとパカパカやっているのかと思ったよ……。お前、イタリア人のママっ子め、朝にはちょっとちゃんとするように何度言ったら分かる？　そこでまた何を壊したんだ？」

「馬車ぁ？　何のことでず？　旦那様！　こんなちゃんとした家で、どっから馬ぁ現れんで?」セルジオは目をぱちくりさせた。「小屋にロバつなぐようなことするは、南の奴らしかおりませんよ、隣の奴に盗まれんように。無理はねぇことですよ、ナポリみでえなでっけえ街でない、奴らの山深い村で……」

「うるさい！　そこで、ドアの後ろでまた何を壊したと聞いてるんだ！」

「何もねぇです、旦那様！　いや何も、ほんとに！　ただルイーザが、旦那様の女中が、掃除ば始めて、そこら中にいまいましい金だらいば並べ出しだんで。その一つにおら気づかねで、嵌《は》まってしまったんだ。何で旦那様ぁ、あの頭の足りねルイーザのこと、おいとくんで？　あいつはいっづもこのちゃんとした家でドタバタとごたごたしかしでかさねぇ！」

召使いは早口のおしゃべりをやめないで、水の入った水差しと陶器の洗面器と座椅子とを一気に手に持とうとしながら、寝室を歩き回った。

今に何か落とすぞ……。デンドリノは、今に起こることを覚悟して首をすくめた。果たしてその通り――陶器の洗面器がこの仕事のできない召使いの手から滑り落ち、木っ端微塵に砕け散った。途端にこの騒ぎに小間使いのルイーザが廊下から顔を出し、両手を腰に当てて、北の能なしは大体これだからと、とりわけ馬鹿者セルジオに向けて長々ととげとげしい文句を言い出した。

総領事はシーツを自分の方に引き寄せて、呻き声を上げて枕に顔を埋めた。旦那様が着替えて、自分から呼ぶまでは絶対に寝室に入ってきてはいけないとこの分からず女に何度言ったら気がすむのだ！

「セルジオ！」総領事は枕ごしに低い声で怒鳴った。「セルジオ、この役立たず！　ルイーザ、この雌豚！　五分で寝室を掃除して、顔を洗えるようにしないと、お前ら全員追い出すぞ！頼むから静かにしてくれ！　黙って、だまって掃除してくれ！」

こんなドタバタ騒ぎがあったにもかかわらず、総領事は九時半までにはきちんと準備を整えただけでなく、前日の郵便物も全て処理を完了していた。最後の回覧文書を紙挟みに入れて、デンドリノは余り快適でない木製の椅子の木彫りの背もたれにのけぞり、心の底から笑い出した。いやいや、何と言ってもこのイタリアの仕事には何とも言えない面白みがある！スパイスみたいなものだ——これをどうしてどこぞの退屈な本国の部局の仕事と比べられよう！　ドタバタの、ごたごた——だからこそ人生は面白い！

デンドリノは堪えきれなくなって、報告を持って執務室に立ち寄った領事館の文書係長のピロシニコフとこの思いを共有した。

ピョートル・エフセイチ・ピロシニコフは在外公館に勤めて五年目になるが、自分の仕事に非常に満足していた。年に一度、今の仕事を苦労して見つけてきた義妹のエフドキーヤの名の日には、地元の教会で彼女の健康を祈る祈祷式を忘れずに申し込んでいた。

ナポリ領事館での文書係長の仕事は時に慌ただしいものだったが、あらゆる面から見て楽しさを損なうものではなかった。年俸六百ルーブリで、うち三分の一はスイスフランで支払われるため納税対象にならない。年に一度十五日間は国庫負担の有給休暇で、申請書を出せばロシアでもヨーロッパでも好きな街まで車両利用代金が補填される。医療費は補助される。

加えて月に一度の給与支払い明細には、文房具や郵便代などの思わぬ出費のような仕事熱心な者なら誰でも嬉しい費目、辻馬車やクーリエへの支払い、そしてもちろん何より嬉しい「代表部」経費のはなはだ〈柔軟な〉費目があった。

厚かましくしてはいけない、常に分別よく振る舞え、手当たり次第に物欲しそうに口を開くな――そうしていれば毎月五日に領事館の仲間の会計係がとくに細かく詰めもせず、デンドリノ総領事が支出簿にサインした分すべてをきっちりと払い出してくれるのだった。

ロシアの在外公館の仕事はどこでも、四角四面で上の顔を伺ってばかりのペテルブルグでの仕事よりもずっと大らかで気持ちが楽であることは言うまでもなかった！　外務省の不文律では、全世界の在外公館の職員はある種の家族のようなもので、もちろん家長はいるのだが、その家長は皆寛容で教養があり、いかにも帝政ロシア的な威張った態度とはかけ離れた人間だった。

いやもちろん、独りよがりのわがままな〈父〉がいたり、謀略や密告や〈裏切者のユダ〉が至る所にいるぴりぴりした雰囲気があったりという例外的なところはあった。こんな在外公館のことが話に上がると当地の欠員を埋めるのは困難で時間を要し、職員の充足率が余りにも低くなるので、ペテルブルグの外務省が原則通り横柄な態度でその堕落ぶりに即刻目を付けて、状況改善の措置を徹底的に講じたほどだった。

ナポリ総領事館万歳！　在ナポリの総領事館はこの意味では目立っていなかった。だから総領事館のしがない職員達は皆、今の状況ができるだけ長く続くように努力していたのだった。

さて今日は、〈デンドリノ父さん〉の口から大して新しいことも面白い話も全く聞こえて来ず、文書係長ピロシニコフは馴れ馴れしい話の分かったようなにやにや笑いを浮かべず、重々しくうなずいて、ほんのわずかに間をおいて〈パパ〉を一瞥すると、領事の執務室にある補助机に腰掛けた。それから持ってきた色とりどりの色の紙ばさみを揃え、自分の前にきちんと並べた。

「今さら何をおっしゃいます、総領事！　愚老は毎日、我が祝福されしルーシの国境を超えたところに神様が仕事をくださったことに感謝の祈りを捧げております……」

役人的な礼儀作法ならば間違いなく、役所そのものの監督者に向けられたお決まりの礼賛の言葉がこの後に続いたことだろう。「のみならず、賢明にして父なる閣下の庇護の下に！」的なやつだ。しかし、総領事に対してはこうした下品な振る舞いは全くもって不適当であったので、そんな言葉は出てこなかった。

「で、今日は何だ、文書係長？」

「いつも通り、何も変わったことはありません、総領事！」文書係はデンドリノの前に、領事館の書記が清書した十五通ほどの手紙を器用に並べた。ローマのロシア大使館やサンクト・ペテルブルグの外務省各局長に宛てたものだった。

標準的な回答を連ねたまっすぐな文字の列に目を走らせると、総領事はそれぞれの紙に勢いよくサインし、何かを待つようにピロシニコフを見やった。

「これで全部か？」

「とんでもございません、デンドリノ総領事！」文書係は最後の紙ばさみから二枚の紙を取り出して、片方を領事の方へ押しやり、もう一方を自分の前に残した。「ご覧になっていただけますか、総領事。ポートサイドのロシア領事館からの最新の電信文です。イタリア商船セイレーン号の運河通過に関することです。この船に日本の特命全権公使が乗っております。当然ご記憶のことと思いますが、ゴルチャコフ公爵閣下は、この日本人のペテルブルグ到着の日取りのことで随分と煩わされておいでです。そして我が皇帝陛下のご予定が変更になるやもしれぬことに伴い、並々ならぬ忙《せわ》しなさを予想しておられます。宮内大臣アドレルベルグ伯爵は、目下ヨーロッパにおられる皇帝陛下は五月末まで滞在なさることになろうと言っておられる。しかし恐らく日本国公使は早めにペテルブルグに到着するのです……」

「なぜ間違いなく早く着くと決めつける、係長？」領事は電報に目を走らせて言った。「ポートサイドから出港したのは一昨日だ、ということは当地への到着は今日の夕刻か、十中八九明日になろう。当地で公使に一週間ほど休息を与えてやろう——海上にほぼ二カ月もおったのだ、ただごとじゃない。ここからペテルブルグまで陸路で八ないし十日だ。オーストリア、スイス、ベルリンを通ってな。数えてみたまえ、ピロシニコフ係長！　神おわす我が首都へ公使が到着するのは、ちょうど五月末頃ではないか！」

「分かりません、分かりませんが、総領事……」文書係は自信なさげに首を振った。「閣下はこの日本人の動きを陸路で算定されております。しかしこの者は海軍中将です。海に慣れております。波の上での揺れ、いえ大揺れのひと月半や二カ月など問題になりません。私なら、総領事、そんな航海の後は這って船から出て、元に戻るのに半月かかるでしょうが」

総領事はもう一度電報に目を走らせて、わずかに眉をひそめた。

「どうもお前の腹は気に食わん、ピロシニコフ！　何か言っていないことがあるか、その回転の速い頭で何か思いついたかだ、違うか？　例えば公使の乗った船を明らかに追ってくる二隻目の日本船について、なぜ報告せん？　電信の必要な箇所に赤鉛筆で線を引いただけか？　反省しろ、この罰当たり！」

見せかけの厳しい態度で文書係に相対しつつ、総領事は内心身を引き締めた。デンドリノは外交官であって、片時もそれを忘れたことはなかった。外交官とはまず第一に、猜疑心である。懐疑と不信の塊だ。信じやすく好意的な外交官などありえない！　そんな奴などいない――もちろんそうなることもあるが、ごくたまにだ。デンドリノは自分をそうはみなしていなかった。

懐疑と不信、それからもう一つ、何があってもいかなる時も驚かないでいられることだ。とくに、思ってもみなかった青天の霹靂《へきれき》のような外務省の〈最高司令官〉の方針転換のような時だ。もっとも、国際政治で最も重大な要素は君主の共感とか反感といった個人的感情だということは外交の世界の経験のないひよっ子の若造すらよく知っているのだから、予想もしていなかったことなど起きようはずがないではないか！

さらに、外交官はそれぞれ役者でなければならない。間違いなくそうだ！　デンドリノはそれを全く恥ずかしいと思っていなかった。それどころか、大いなる熱意といくばくかの喜びすらもってこの役を演じていたのである。

総領事館の長は、温厚で優しい〈パパ〉の役を、苦もなく余計な良心の呵責もなく演じ切っていた。月に一度、職員の給料払い出しの表にサインをしながら、比較的たやすく職員ほぼ全員のちょっとした厚かましくない程度の狡猾さと加筆、あるいは明らかな水増しすら見出した。度を越さない程度のずる賢い水増しには時々驚かされ、別のノートには記録しておいたが、その件で仕事上の手を打つことはなかった——そういう支出や出費が国庫に規定されている以上、何でそんな事をする必要がある？　なぜそうした支払いが日常生活に起こってはいけないのだ？

そうすると今度は何のために、いちいち取るに足りないことで職務点検をし、時間や国費を無駄にするのかという疑問がわいてくる。誰かにこの件について聞かれたとしたら、総領事はおそらくこう言っただろう。「加筆？　人生は長いんだ」と。人の運命は予測不可能だ。今日誰かが一ルーブリ半水増ししたとしよう、明日にはそいつは上司の盲目を信じて、五十ルーブリまで手を広げるかもしれない。もっとも、総領事は在任中、そんな強欲な横領をする者に会ったことがなかった。おそらく、なんだかんだ言って在外公館の職員の空きを埋めるに当たっての人員選抜が厳しいことの表れだ。そしてもちろん、そんな仕事を失うことは、誰も望んでいなかった。

そうだ、会計検査がどうしたというのだ！

ほとんど全ての職務において、役者になっていなければならなかった。デンドリノの外交官としてのイタリア在任期間を例に取ってみると、どうやら運が良かったらしい！　こんな静かな国――国際的なスキャンダルという点でだが、くわばらくわばら――ロシアからヨーロッパ中に散っていった祖国の素人革命家や爆弾テロリストはここにはいないも同然だった。ロシアの自由思想や反政府活動のヨーロッパにおける温床となったフランスとは比べようもなかった。

そしてまたイタリア人自身が、それはまあ見かけは頭の軽そうな奴らだ！　純朴で、単純で――ところがどっこい、ロシアがイタリア王国統一後すぐにではなく、一年後にようやく国家承認したことを覚えていないのは、この国ではどうやら怠け者くらいなものだ。そしてイタリア王宮ではしばしば我が国同胞にその罪を思い起こさせ、こちらが公使でも総領事でも法的措置を求めていくたび、政府の役人どもは悪意をもって目を細めている。イギリスやドイツに対してはもう、すぐ「どうぞどうぞ！」だ。それがロシアに対してとなると、間違いなく、仔細らしく指を立てて言うのだ、「見かけが一緒なら同じ民族」[1]と。とんでもない、あいつらの別のことわざを思い出すと、ええと、何だったかな、「フランスでもスペインでも飯が食えれば構わない」[2]のだろう。

そんなこんなで演技しなければならないことになる。全ての表情と、会話の間《ま》でもって均

1　一心同体。
2　イタリアのことわざ。

衡を保ちながら強調する。「あなた様、どうぞお願いします！　しかし私はそんなに厚かましいことを言っていますかね？　仕事ですからやむを得ないのです、分かってくれませんか！　皇帝陛下が国家承認延期を命令されたのであって、だから私としては、それがその……。個人的には私はイタリアが大好きなのです！　大好きだし、敬服しています！」いやいや、もちろん声高にそうは言わないが。表情と、身振りでやるのだ……。ロシアの同胞には馬鹿野郎と、イタリア人どもには抜け目のない奴と思われないように。外務省の高官一同が、ロシアの承認延期について覚えていて理解しているだけではない。あろうことか召使いのセルジオの馬鹿ですら、いつだったか総領事をこの件で咎めたことがあったのだ。これでもまだイタリア人の馬鹿野郎は処世術とは縁遠いと言えるのか！

「で、その日本人がどうしたのだ？」総領事は質問を繰り返した。

「今のところ何も！」文書係は両手を広げた。「このアジア人の目論みが今のところよく分かっていないことが気になっております。駐日総領事からの連絡によれば、明らかに自国の公使の後を追っている日本のクリッパー船については、事前にその意図を察知するのは全く無理です、総領事！　どうぞ電信文をご覧下さい。クリッパー船は公使を乗せたセイレーン号がコロンボを出た一週間後に同地に立ち寄っています。ポートサイド到着は、公使の乗った商船とすでに一日の差になっています。ここ地中海でクリッパー船は商船に間違いなく追いついたと考えねばなりません。何のために？　誰が日本のことなど分かりましょうか！　日本国皇帝が、公使のロシア到着前に公使交代を決めたのかもしれません。あるいは来るべき交渉に関する指示が変わることになったのかもしれません……必ず全て分かる時が来ます、総領事！　言っておられたではないですか、早晩ナポリ港に我が国の商船がやってくると。ええ、もうじき全て明らかになります」

「今のところ、何一つ明らかでないわけだ」総領事はぶつぶつとつぶやいた。「だいたいヨーロッパのトルコ人を扱い切れぬ今、日本の相手などしておれるか。逆に我々の仕事はな、いいか、けんかっ早いニワトリだ。夜が明けていなくてもコケコッコ鳴くわけだ。外相ゴルチャコフ公爵殿は、日本人の航路を追跡して欲しいとのことだ、ならば追跡しよう！」

「仰る通りでございます！」文書係は同意した。

「一つだけ。席へ戻ったら、副領事のナジモフをここへ寄越せ。副領事は当館では新参者だが、極東地域に長くおり、一度ならず日本に滞在しておる。奴ならこの船の追跡に関する状況を明らかにするかもしれん」

「仰せの通りに、総領事！」文書係は紙ばさみと書類を掻き集めながら頭を下げた。

「ああ、それからもう一つ、ぜひ頼みたいのだが」デンドリノの声はやや緊張した。「封蠟《ふうろう》を取ってくれ、係長！　この封書を例のところへ届けるのだ」

総領事はさっと数行ペンを走らせると、インクを乾かすために紙をはためかせ、封緘《かん》に自分の印を押して封をした。

「お前が自ら持っていくのだぞ！」総領事は文書係長に念を押しておく必要があると思った。「ドアは鳴らすな。どうせ誰も開けぬ。手紙は郵便箱の隙間に入れておけ」

「かしこまりました！」ピロシニコフは頭を下げた。封筒に届け先が書いていないのを見て、文書係は確認しておく方がよいと判断して言った。「嘱託領事宛にお書きになったので？」

「そうだ」総領事はさっさと会話を切り上げた。「下がれ、ぐずぐずするな！」

文書係を追い出して、デンドリノは縞模様《しま》の日除けが影を作っているベランダに出てタバコを吸った。明らかに機嫌が悪くなっていた――そうなる理由があった。

ナポリの嘱託領事はゲオルギイ・アルトゥロヴィチ・ガルトマンといって、領事館職員の職歴表では何だか発音が難しい名前のスイス系貿易会社の貿易商兼代表者になっていた。

ロシアの在外公館における嘱託領事の制度は、ごく通常のものだった。俸給は受け取らず、にもかかわらず自分たちがロシア政府に対して提供する「通商代表」の奉仕と引き換えに外交特権を行使していた。「嘱託」の仕事は往々にしてきわめて特殊性が高く、全く通商代表と関係なかった。この国にいる総領事や公使だけが外交界における「嘱託」の範疇の実際の要点を知っており、他の職員たちは感づいていたが、余計なことは言わなかった。

ガルトマンは皇帝官房第三部の諜報員だった。他の同僚の憲兵同様、軍事省管轄になっていたが、その実ロシア国内外で政治捜査を管轄する内務省次官の直属だった。外国担当の主要任務はもちろん政治的なことで、ヨーロッパ中に散らばっていた明々白々たる革命家たちと危険思想分子とをあらん限りの手を尽くして監視することだった。しかし内務省と外務省、両大臣署名の通達により、ロシアにとって死活的重要性を持つ問題の最も広い領域に関しては、領事館職員と保安部の海外諜報員に「相互理解と緊密な連携」が指示されていた。

デンドリノはナポリの諜報員、より正確に言えば海外「保安部員」の指揮下にいるのは海外捜査をする平職員数名、それも地元の人間が基本であること、またガルトマンは地域の私立捜査機関や事務所と密接な関係を持っていることを知っていた。イタリアの諜報員達が海外捜査に携わるだけでなく、第三部が関心を持つグループや秘密結社に浸透するため、明らかにいくつかの特殊工作員を従えているに違いないことに感づいていた。

外交官と保安部員は近しく付き合うことはなかったが、折にふれて会い、様々な見聞を交換したり互いを利用したりしていた。デンドリノは何よりもこうした会合こそ全くもって意味のない地下活動だと考えて苛々していた。この日も「貿易商」が祖国に多少の奉仕をする時間になったとあれば、厳密にガルトマンの指示通りに振舞わねばならなかった。電報での連絡はできない、メモを送って会合場所を指定することすら、これまた不可能……。恐ろしい陰謀の話をするとか、ロシア帝国の要人がお忍びでナポリに来るような話をするならまだしもだが。やれやれ、くだらぬ……だが定められた規定から外れられるものならやってみろ！

会合時間は、実際に会う時間の二時間後を指定せねばならなかった。会合場所に関しては全くのお笑い草だった――どんな場所を指示してもよい、ただしあらかじめ諜報員と示し合わせたリストに従って次の〈逢引〉の場所へ向かう。まあいい、あの面倒な奴は今日はおれをどこへ連れて行くつもりだ？

総領事はタバコを消して執務室へ戻り、ガルトマンが以前寄越したリストを金庫から取り出した。前回は貿易取引所で会った。ということは、今日は王宮広場のコーヒー店に行かなくてはいけないということか。仕方ない、出かけねば。総領事はため息をつくと銀の鈴を鳴らし、やってきたセルジオに、薄めのフロックコートをきれいにして整え、十時に辻馬車を呼ぶべくひとっ走り行ってくるように命じた。

　ガルトマンはあらかじめ決めてあった時間きっかりにコーヒー店に現れた。

「こんにちは《ボンジョルノ》、旦那様！　座ってよろしいですか？」

　そして少し手間取った後、総領事がすでに二杯目の最高級のコーヒーを飲み終わろうとしていた外のベランダ席のテーブルへやってきた。

「もちろんだ。座ってくれ、ガルトマンさん」デンドリノはいささか苛々して、隣の椅子をあごで示した。「あるいは何か、貴殿の地下活動の原則を守って貴殿を呼び出しておいて、私がここはふさがっていますと言うとでもお思いか？」

「いやいや、どうぞお手柔らかに、デンドリノ総領事！　こんな素晴らしい天気の日に、怒るのはよくない」諜報員は腰を下ろし、軽い杖を膝に乗せると、近くを行ったり来たりしている店員に向かって指を鳴らし、イタリア語で言った。「コーヒーの大きいやつと、氷入りの水を一杯！」

「氷入りの水も一杯、ですよ、総領事。ギリシャ式コーヒーが好きでしてね。お飲みになったことがありませんか？」

「歯を大事にしてましてね、ガルトマンさん！　その話はもう先にしたと思いますよ。まさかお忘れですか？」

「いや、友人としての単なる雑談はお嫌いですか。ならば仕事の話をしましょう！」諜報員は肩をすくめた。

総領事の依頼の要点を聞いて、ガルトマンは再び気づかないくらいに肩をすくめた。

「日本人の追跡調査……それだけですか？　もちろんお手伝いしましょう。そのアジア人は、当方の理解では革命的意図はなさそうですがね」

「革命的意図はないかもしれん」デンドリノは軽く同意した。「しかし、ゴルチャコフ大臣閣下の緊急のご要請と、皇帝陛下の五月のご日程に関するアドレルベルグ宮内大臣のご懸念を考慮すると、この依頼は些細なものとは思わん」

「もちろんです！」ガルトマンは真面目になった。「そういうことなら、時間を無駄にできません。お暇《いとま》しましょう。日本国公使を乗せた船が港に到着する前に、まだいくつか調べねばなりません。これにて失礼させていただきます、総領事！　詳細報告は、いつもの方法でお届けします！」

軽い足取りで遠ざかって行くガルトマンを目で見送って、デンドリノは余りのいまいましさに唾を吐きさえした。ふん、一分ばかりの会話に前もってあれこれやるものかね！　朝のメモに走り書きする——たとえば「日本人を監視下に置いておけ」とか。そうするとガルトマンが走り書きで答えてよこす、それだけでいいではないか。さて、領事館へぶらぶら戻って、耐火金庫の引き出しから「いつもの方法」を書いた文書伝達の方法についての機密メモを出すのだ。やれやれ！

ところが、いつもの方法とはいかなかった。このあと二日の出来事は次のような展開を示した。総領事は頭を抱え、規定の地下活動の原則を全て無視して、与えられた権力を行使して緊急評議会を招集した。評議会には総領事自身と副領事ナジモフ、そしてガルトマンが出席した。ナジモフに対しては、ガルトマンはナポリに突然やってきた「特別措置」とかいうものの責任者である「外務省査察官」ということで通した。

「皆様方のお許しを得て、我らが『軍事委員会』を開催する」デンドリノは冗談を言おうと努めた。「さて、三月前のことになるが、日本国政府がその皇帝の名において、我が国皇帝陛下のお許しにより、国際慣行に従って日本国特命全権公使の候補者確定をペテルブルグへ通告してきた。何でもエノモト・タケアキという輩だ。サンクト・ペテルブルグに恒久的外交代表部を開設し、サハリン島に関する交渉を緊急に開始することについての双方の意図は確認済みである。公使については情報が入っている。日本国海軍副総裁で、ヨーロッパ式の教育を受け、フランス語、ドイツ語、フラマン語を操る。外交官経験はなく、公使任命までは日本の最北の島北海道で勤務していた。地位は不明である。島の長であったかもしれぬし、北方地域の発展を担当する大臣の部下であったかもしれぬ。駐日公使ストルーヴェ氏が、この状況をいかにしても明らかにできていないと証言している。まあ、それも無理からぬことだ。彼は日本で経験が浅く、あのアジア人たちはよく知られている通り異常なまでに秘密主義だ」

デンドリノはここであたかも賛同を求めるかのようにナジモフ副領事を振り返った。ナジモフが頷いて濃いあご髭をこすると、総領事は続けた。

「当エノモトはロシアへ、公使通訳の日本海軍中尉シガ・ウラタロウと、在ペテルブルグ公使館書記官に任ぜられたアシカガ・トメオを伴ってくる。これも中尉で、海軍人でないというだけだ。通訳についてては明白のようだ。一方、もう一人の中尉については、四等文官ストルーヴェ氏が認めている通り、得体が知れぬ！　日本国外務省はこの者の職歴表をなぜだか公開せん。アシカガは今般の命あるまでは、陸軍大将サイゴウ・タカモリの参謀として勤務していたと伝えてきただけである。昨朝、イタリア船舶セイレーン号が、日本国外交官一行を乗せてナポリ港に到着し、高官一行は下船している。荷物はホテル〈ヴェスヴィオ〉へ発送された。短い休息を経て、日本国公使はオーストリア、スイスを経由してサンクト・ペテルブルグへ向かうと見られる」

総領事は氷の入った水を一気に飲み干し、ハンカチで口髭を拭った。「軍事委員会」のほかの参加者は沈黙を保っていた。

長引く沈黙を最終的に破ったのはガルトマンだった。

「総領事殿、日本国公使について何らかの命令を受領されておるのですか？」

「こういう表現が許されるのか分からないが、この上なくあいまいな命令だ」総領事は正直なところを言った。「日本は我が国の外交界では全くもって『未開の地』だ。外交儀礼がどうした！　あいつらの習慣も言葉も誰もほとんど知っておらん。かの国はごく最近まで全世界に対して鎖国とかいう状態にあった。ゴルチャコフ大臣閣下の命令から明らかなことはたった一つ、日本の我が国における公使館の早期開設、そして結果としてサハリン島に関する交渉開始に我が国は並々ならぬ関心を寄せているということだ。自分のところには、日本人の来訪に大いなる、そしてあえて推測させて貰えば、直々のご関心を示しておられるのは皇帝陛下御自らだとの報告も入っている。これに関連して皇帝陛下は、困難な航行を経てきた賓客に全面的な、できるだけ丁寧な援助、支援を行うべし、ヨーロッパの習慣や行動規範をよく知らぬ人間を侮辱、侮蔑することのないようにと命ぜられた」

「奴らに近づかず、遠くから頭を下げよと?」ガルトマンが薄笑いを浮かべた。

「そんなところだ」総領事はため息をついた。「公使のナポリ到着を捕捉し、予想されるロシア到着の日取りを遅滞なくペテルブルグへ報告せよとのご命令だ。これはもはや宮内大臣、アドレルベルグ公爵閣下向けだ。陛下のご予定を調整するためのな。日本人に対して全面的な援助が命ぜられているのは、明らかに困難な状況に陥り、ロシア外交代表部へ直接の協力要請があった時のみだ」

ナジモフが咳払いをして言った。「ヨーロッパ式の教育を受け、何年か現地に住んだことのある日本人のサムライに、どんな困難がありえましょう?」

「その通り!」デンドリノは副領事に賛同した。「ところがそれだけではないのだ、皆様方!エノモトの横浜出港の三週間後、日本政府の決定により、日本海軍最高速のクリッパー船が後を追って急派されている。これを通達してきたストルーヴェ公使は、この行動の理由を明らかにできないと言っている。我々との関連で分かっているのは、二日前にクリッパー船は地中海でセイレーン号に追いつき、両船舶は漂浮《ひょうふ》状態に入ったことだ。エノモトはクリッパー船に乗り移った、だが一時間後セイレーン号に戻り、イタリアへ向けて航行を続けた。軍用クリッパー船の方は全速力で、スエズ運河の方へ引き返していった。日本へ帰ったと考えるほかはない。さてご説明いただきたい、皆様方、これが何を意味するか。たとえばナジモフ副領事！　貴殿は一度ならず日本へ行っており、彼奴らのことを自分よりよく知っているであろう！」

ナジモフは断固としてあご髭を振った。

「私にさような期待をかけられませんよう、総領事！　なかんずく外交問題に関しては！　確かに小官は日本におり、当地の役人や民間人と付き合いがありました。しかし当方は海軍人にすぎません。ただ日本人というのは、きわめて付き合いにくい民族だとしか言えません……」

ガルトマンがはっきりと言った。「あえて、公使エノモトに何らか緊急の重大な命令が手渡されたと考えてみましょう。地球半周追尾しなければならないほど、緊急で重大な命令が！」

デンドリノが、ふむと頷いて言った。「ああ、命令が手渡されたのは明白だ。日本に忘れた予備の股引きを大慌てで公使に届けたのでもあるまい。それでその公使はナポリに着いて何をしでかしたか……あろうことかロシアでなくフランスに向かった！　もしかするとそれが追跡の主な要因かもしれん。フランス行きだ、皆様方！　自分はすぐに本件についてゴルチャコフ公爵閣下に打電してお知らせした。そしてすでに本日、厳しいお怒りを受けた。どういうことか、何故そうなったのかとな。本省からは詳細情報、説明を求められておる……」

ガルトマンが、ふむと鼻を鳴らした。「まさにそのとおりです！」

「それでは考えてみよう。ナポレオン三世との戦争において我が国が明らかにプロシアを支持して以降の、最近の我が国とフランスのこの上なく冷え切った関係を考慮した時に、今回のことが何を意味するか」

ナジモフが引き取り、豊かな白いあご髭を満足げに撫《な》でながら言った。「とくに、黒海の中立化に関するパリ条約の条文改正という形でフランス人の鼻っ柱を折った勝利、そして黒海における我が国の艦隊保有の権利奪還以降のです！」

総領事は頷いた。「日本国公使のパリへの進路変更から、ゴルチャコフ閣下はきわめて論理的な結論を導かれた。日本は早くもロシアとの外交交渉を開始する前に、国際政治における親仏の姿勢を我が国に向けて明確に打ち出すつもりか、あるいは、この姿勢はずっと前から続いてきたものであるにもかかわらず、我らが全て見落としていたかだ。これは我らには非常に不愉快な話だ、皆様方！　さて、ナジモフ副領事、貴殿の出番だ！　貴殿は幸運にして、在ナポリ副領事に任じられるまで数年間極東の海で艦長として勤務しておられた。そして貴殿の職歴表を見るに、まさに日本に何度となく行っておられる。この道の権威だ、大佐！　ご発言を！」

ナジモフは幾分不安げに椅子の上でもじもじし、あご髭に触った。

「皆様、自分は外交関係、また上流の政治のことには全くの門外漢であります！　確かに日本には何度も参りました。が、我ら船乗り同胞に与えられた任務というのは、極東の海で存在を示すことです。海軍中将エノモト・タケアキについては、どうにも全く覚えがございません。むろん、海軍当局には公式にも、あるいはいわゆる友人としても訪問をしておりました。分からないことがあれば聞かなければなりませんから！　お話に上がったシガ・ウラタロウという名の通詞については覚えがございます。私の艦で実習をしておりました。日本人の下級将校と一緒にです。しかし、この者がロシア語の知見において他に勝っていたなどとは全く思いません！　他と同様めちゃくちゃなロシア語です。三人目のアジア人については、もし陸軍大将の参謀で勤務していたとすると、まったく何一つ知りえません」

「分かった、その話は置いておこう」デンドリノはため息をついた。「だが、貴殿は日本の奴らについては、我々より詳しいだろう、副領事！　性格、慣習、伝統といったものだ。教えてくれないか、今回のことが何を意味しうるか。日本人がいわゆるシュロの枝を持ってロシアへ向かう、それがいきなり旅の途上で、我らの非友好国を訪問するべく方向転換する！阿呆ではあるまい……おおこれは何ということを、失礼！　まさか知識が足りなくてイタリアから東でなく西に舵を切ったのではあるまい！」

「しかし皆様、この矛盾をどう理解すべきか分かりません。ひとつだけ確実に言えることは、日本人の性質や嗜好は、ヨーロッパのものとは、また意外にもスラブのものとも天と地ほど違うということです！　根気強く、また我々ロシア人よりもなお法を遵守します。間違いございません。例えば地主の土地にいる小銃を持った我が国の農奴はといえば、鞭打たれても自分の密猟の計画を認めたりはしないでしょう！　ところが日本人の平民は、そういった状況では……驚くべきことに、そもそも他人の土地も、法で禁じられた土地も欲しがらないのです。そしてもし罪が露見すると、隠し立てせずすぐに認めるのです」

「大変分かりやすい！」ガルトマンが咳払いをして言った。「だが、その例がどんなに助けになるかは見当がつきませんが」

「私もそう思います！」副領事は両手を広げた。「日本人の特異な点についてご下問ありましたので、知っている限りをお話し致しました。日本には、ヨーロッパ各国の軍事顧問が数多《あまた》おります。とくにオランダ、フランス、ドイツの者が多いです。アメリカの者にも会ったことがあります。アメリカに関しては、はっきり申し上げられますが、全員日本で好き放題やっておりまして、あらゆる手を尽くして日本に関することからロシアを締め出しております。そしてことあるごとに、我々ロシア人の信頼を失墜させようとするのです。例えば皆様、サハリンを例に取ってみます。ヨーロッパにも恩知らずなアメリカにも、同島に関しての独自の考え方があります！　イギリスは、日本の領土近くにおけるロシアの強大化について日本を脅しているだけではありません。サハリンに続いて北海道を占領しようという聞き捨てならぬ計画がロシアにあると耳打ちしているだけでもありません。イギリスは、日本の入植民、軍隊、そして罪人までもサハリンへ移住させるため、進んで艦隊を提供しているのです。私はこの目で見ました！」

「正直なところ、わしはイタリアにいて、極東における我が国の問題について余り関心がなかった」デンドリノは白状した。「だが、むろん貴殿がなぜアメリカを恩知らずだと非難されるかは想像がつく」

「格別に恩知らずです！」ナジモフに火がついた。「ええ、アメリカへのアラスカ売却については今は言わないでおきましょう。長い時間が経って、あれを売るべきだったかどうか、後世の人が評価を下すでしょう。申しておりますのは別の話です！　皇帝陛下がロシアを新たな戦争に巻き込む危険を冒して、遠征部隊を送っていたイギリスの艦隊に負けじとアメリカの東西両岸に二個艦隊を送ったのをご記憶でしょうか？　このことは当時実質的にはアメリカを救ったのですぞ。現地で涙ながらに迎えられ、見送られた。頭を下げ、感謝し、いつまでも覚えていると約束して。それが何です！　アメリカ人の記憶など短いものです！　最近では日本に対し、ロシアからサハリンを買い戻せと提案しているだけではありません、その金を貸すと約束しているのです！　一方でロシアには、日本はマシュー・ペリーの黒船来航とアメリカとの条約締結以降、自国の領土利権防衛について海を越えた軍事援助を期待できると示唆しています。これが『いつまでも覚えている』証しですよ、皆様！」

総領事は冷笑した。「まあ、外交官にとってはそんな方針転換はよくある話だ。驚くようなことではない。それが政治というものだ」

それでもナジモフは治まらなかった。「ではイギリスはどうです？　火を見るより明らかです、もし日本がサハリンに関する権利を主張するなら、即刻仏・英・米が徒党を組んでそこへつけ込んできますぞ！」

「ふぅむ……」総領事は絶望的に唸った。「いわゆる油断ならぬ状況の説明、もちろん感謝する、副領事。しかし貴殿の言われたこと全て、いわゆる上流の政治の話だ！　我々としては、細かい問題を片付けねばならん。ガルトマンさん、貴殿はどう思われる？　この話し合いにいかなる光を灯してくれる？」

　ガルトマンが値踏みするようにナジモフを横目で睨んだ。どうやって「光を灯し」、政府の機密に触れていない輩に自分の本当の姿が〈皇帝陛下の眼〉であることを知られないようにするか。

「さて、どうご説明しましょうか、総領事……。貴殿が当地の調査機関の長と当方の長きにわたる良好な関係を心にとめて、日本人来訪者の監視についての支援を求められた時、小官は即刻同胞に問い合わせました。かくかくしかじかだ、同志、助けてくれと。イタリア人なぞつまらぬ者ですよ。奴らは色恋と浮気と寝取ること、これ以外話のできない連中です。そこでうちの〈ペトラルカ〉はすぐさま勇み立ったわけです。不貞調査ですか、と来たわけです。ああそうだと私申しました、これはまさしく〈不貞〉であると。つづめて申せば、調査機関の長の同意を得て、地元の官憲の一チーム全員にセイレーン号を出迎えさせました。宿舎には、当初予定通り〈案内〉した。宿舎では、一時的に身内の係員を廊下番に置きました。宿晩には全て解明しました。年かさのの日本人が宿の主人を呼び、パリまでの列車の切符をどうやって予約できるかと聞いたそうです。それで宿の主人の答えて言うことには、ナポリからパリへの列車は今のところございません。すると日本人は驚いて、本当か、と言ったそうです。長いこと中部ヨーロッパに住んで、当地における鉄道建設が非常な速度で進むことをよく知っているそうです。宿の主人は説明しました、旦那様《セニョール》、大変申し訳ありませんが、イタリアは統一国家になって間がないのです。鉄道はイタリア国内の各地別々で、北部中心に作られております、例えばピエモンテ、ロンバルディア、トスカーナなどです。ナポリから北へ向かう鉄道線は、建設が始まったばかりですと……」

総領事は不満気に咳払いした。ああ、ご親切なこった、話を逸らすなと言ってるだろう！　イタリア統一《リソルジメント》[1]とそれに関する全ての問題は後で話せばいい……。

ガルトマンが頷いて言った。

「一口に申せば、日本人にはパリ行きの直行列車にはトリノからでないと乗れないということで理解させました。トリノまでいちばん速く行くには郵便馬車だと。あるいは海路でジェノバ経由だと。結果的に日本人は朝の郵便馬車の席をほとんど全て買い占めて、今朝北へ発ちましたよ」

「しかしトリノからは、自分の理解では、列車でミラノかスイス経由になるのではないのか」

総領事は反論した。「そこからロシアへはベルリン経由だ」

「日本人が行方をくらますとお考えで？」ガルトマンは鼻を鳴らした。「何のために？　公使はお忍びで旅をするのではない、一切の華美はなくするだろうが。思うにイタリア当局には

1　イタリアの王国統一に至る戦争の時代をこう呼ぶ。

知らされてすらいないでしょう。もしお忍びなら、こういうことになります。ロシア行きの道を聞き出しておいて、トリノでひょっこりパリ行きの列車に乗る！　そうはなってない、総領事！」

「つまりパリか……いや、まあいい、皆様方、今のところは我々の推測に過ぎん。ゴルチャコフ宰相閣下は直近の電報で、何らかの混乱の可能性、公使の意図が分からない可能性を認めておられる。要するに閣下はこれまでの情報によって皇帝陛下を失望させたくないのだ、エノモトの移動経路が解明されるまでは……。ガルトマンさん、素晴らしき同胞！　貴殿の双肩に期待したい！　もしや公使を監視下に置いておける期待の人間がトリノにおらんか？」

「やってみましょう、総領事！」ガルトマンは頷いた。「お分かりですか、日本人が郵便馬車のほとんど全ての席を買い占めたと申し上げたのには訳があるのです。うちの者が二名、奴らについて同じ馬車に乗って旅立っております……。うちのと申したのは、当地の私立調査員という意味ですが……」ガルトマンはナジモフをちらりと見て言い直した。「ですのでトリノでは日本人から目を放しません、必ずや！　そして小官へ細々と報告が入ります。貴殿には当方からしかるべくご報告申し上げます！」

「恐縮だ、素晴らしき同胞！　貴殿の積極的なご参画まことに感謝する！　さて皆様方、本日の会議はこれにて閉会とする。後はトリノからの報告を待つだけだ。ガルトマンさん、お見送りしよう！」

背後の扉をぴたりと閉じると、総領事はガルトマンのフロックコートのボタンを摑んで言った。

「ガルトマンさん、貴殿のご協力にはむろん心から感謝する。ペテルブルグ向けの次の報告書には、必ずや貴殿の忠誠と気転について記載しよう！　しかしだ。日本人に対するパリでの監視体制は整えることはできないものか？　概して訪問というのは、公式、非公式と多岐にわたることはご存知であろう。我々外交官には、ひとつひとつの些事が重要となる……。ペテルブルグは、我々がいなくとも必ずや在仏の情報機関に対してしかるべき命令を下すだろう。しかし……当面、電報がヨーロッパ中をあちこちと駆け巡るだろう……」

ガルトマンは冷たい笑みを浮かべ、総領事がボタンを摑んでいる指をするりと交わして言った。

「ちと外へ出ましょう、総領事！　あるいは、せめて貴殿の執務室のベランダへ参りましょう。カーテンの類はいっさい受け付けないものでして。気が狂った奴とお思いになるかもしれませんが、どんな布の後ろにも聞き耳を立てているスパイが潜んでいるように思えてならないのです」

ベランダで憲兵は手すりに肘をついて、真剣に総領事に目を据えた。

「何よりもまず、小官のささやかな貢献に高い評価を頂き、衷心より感謝申し上げます。それについて報告書にお書きになりたいと？　正直なところ、当方の望むところではありませんな。むろん当方が禁じうるものではありませんよ。しかし、敢えてお願いしますが、小官は貴殿ののっぴきならぬご依頼を遂行しただけと、ぜひそう書いて頂きたいですな。こう書き足していただいても構いません、進んでやったのではないと。貴殿の報告書は貴殿のものであるだけではない、小官の上級部隊も目を通すことになるのです、お分かりですか？　ナポリに所在する当方の機関には仕事がないのではないかとの疑いが上官の頭に生じるのは全く望むところではありません。何より小官自身の報告書には、小官は逆に自身の機関の任務ですでに過度な負荷がかかっていると、あらゆる書き方で強調させて頂きます」

ガルトマンはやや黙して、さらに真剣に話を終えた。

「自分は一憲兵に過ぎません、総領事殿！　騎兵大尉の階級を保持しています。そして我ら海外部隊の仕事には、日本あるいは他国の外交官の尾行という任務は一切含まれておりません。もちろんその人間が政治に首を突っ込んでいない、皇帝陛下に対して犯罪を企んでいない、爆弾製造していない、ロシア帝国の敵対者の扇動や募集に関わっていないという場合ですが。もっともこんなことは総領事は全部ご存じですね！　小官が何のためにこんな話をするか。お怒りになるかもしれませんが、小官は自分の機関を通じては在仏の同僚に対し、とにかくいかなる依頼も要求もできません！　申し訳ありませんが、パリには第三部の支部はありません！」

「支部はありませんとは何だ！」総領事はかっとなった。「いや、大変失礼した。しかし我々の間には完全に信頼に基づいた、ざっくばらんな話し合いがあると思っている。わしはここに来て一日二日の若造ではない、悪いがある程度のことは知っている。パリは革命分子のごろつき亡命者がもっとも集まるところだ！　そうだ、虚無主義者と爆弾犯が溢れかえっているところだ！　そんな奴らを追うしかるべき監視体制がなくて、よくやっていけるな！」

「では考えてみてください、総領事。なかなか信じていただけないとは思いますが、パリでは歴史的にそうなのです。前任者から業務を引き継いだオルロフ伯[1]は、ご自分の時代になってパリで活動中の我が国政治警察の捜査員を否定的に評価し、所謂『ベルリン支部』の設立を主導された。これによりフランスの在外保安機関の設立は不必要とみなされる。必要な場合は現地警察の力を借りられるというわけです。この考えはすぐさま最高運営委員会[2]の一員であるバラノフ大佐とやらに支持され、実現したのです！」

ガルトマンはため息をついて、体の向きを変えた。今度はベランダの手すりに背中と両肘でよりかかったので、時折さっと見上げたり見下ろしたりできるようになった。

ガルトマンは言葉を続けた。「我が悩み多きロシアの重大な災難と閉塞状態をご存じですか、総領事？」そして相手の反応を待たずに自答した。「重大な災難とは、今も昔も変わらず多くの血を流す動乱でも、最近の自由思想やテロリスト思想の騒乱でもありません！　こうしたことの繰り返しはいかなる国でも歴史上致し方ないことです。悪いのは闘争におけるプロ意

1　在パリ・ロシア大使、ニコライ・アレクセーヴィチ・オルロフ。
2　最高運営委員会は国家体制と社会治安の監視のためテロとの闘いに関する全ての国家活動を統一する帝政ロシアの臨時の政治組織である。本作に書かれた出来事の六年後に、皇帝アレクサンドル二世の勅令により創設された。最高運営委員会の前身は、皇帝の勅令と元老院の決定に関して上級官吏がその都度行った監査旅行である。委員会の長が承認した命令と施策は無条件で実行に移され、皇帝の命令によってのみ変更が可能であった。

識の欠如と、当局の人選の間違いにあります。非常にしばしば我が国では重要で専門知識を必要とされる仕事が、実直ではあるが全くもって無能な人間の手に渡ってしまうことが災難なのです」

デンドリノはこの憲兵が支援提供を目に見える形で了承しないことに我慢がならなかったが、仕方なくとっくに知っている空理空論を聞いて頷いていた。ガルトマンを止めてはいけない、喋らせておけばいいのだ！

「これがフランス人と我々の間にあったことですよ、総領事」ガルトマンは僅かに声を落とした。「オルロフ伯について、悪いことは何も言えません、勇敢な将軍で稀に見る賢人、正直で率直な方だ。しかし誓って言うが、本来伯爵の器ではない。重傷を負って片目を失い、健康上の理由から軍務が続けられなくなって大使の職に就いた。長い療養で意気消沈し、塞ぎ込んでいたところ、皇帝陛下が慈悲をかけられ、華々しい職を与えられたのだ。失礼ながら敢えて言えば、陛下は人を思って職を思わずであった。あるいはバラノフとかいうやつが……。自分は最高運営委員会自体の是非を判断する立場にはありません。しかし、反テロリズムの責任者たるバラノフ大佐の例は充分想像できます。彼がどんな砲兵将校だったのか知るすべもなければ、どうやってその委員会に落ち着いたのか伺い知るべくもない、だが結果は見ての通りだ！　大佐がたった一度ルーマニア、スイス、フランスと調査旅行に出ただけで、政治部とその海外機関の機敏な仕事ぶりは、時空の彼方へ捨て去られたのだ！」

デンドリノは同情たっぷりに咳払いをしたが、またしても相手を止めることはできなかった。

ガルトマンは続けた。「パリでバラノフはスパイの仕事を知り、パリのルイ・アンドレ知事の副官のメルシエとかいう奴の直々の参加の下、海外任務の再編について同知事と話をつけました。ここでフランス人どもは、我ら第三部の捜査員がパリにいられなくなるような規約を作ったのです。これが再編ですよ、総領事！　バラノフは任務完遂するとこっそりとペテルブルグに戻り、フランスの情報機関の任務調整は、大使自身が担わねばならないことになったのです。前代未聞です！　ご賢察かと存じますが、フランスの諜報機関員は我らロシアの問題においてそれはまあ無力であることが明らかになりました！　これは事実以外の何物でもありません。自分が得た情報によれば、最近の奴らはロシア語すら知らないときている！」

ガルトマンはため息をついてブレゲ時計を鎖まで引っ張り出し、蓋をかちかちと鳴らした。

「話に信頼がおけぬと当方を非難されるでしょう、総領事！　私どもの秘密をありのままにお話ししました。もうお分かりでしょうか、当方自身はいかにしてもパリに照会はかけられないのです。ここナポリでは、小官はまれにみるほどうまく隠蔽工作をしています。フランス人どもが小官を知ったら、すぐさまイタリア人の同僚に知らせるでしょう、そうすれば当方の地下活動は終わりです。そうなれば総領事、貴殿は忠実な部下なしで隠密任務を遂行されることになります！」

「しかし時間を無駄にしてしまうではないか！」デンドリノはもう少しで呻き声を上げるところだった。

「その点はご心配召されますな、総領事！」ガルトマンはぴしゃりと言った。貴殿がお急ぎの話を片付けるやり方は別にあります、必ず。方法その一。オルロフ伯を個人的にお頼りなさい。だがご賢察のとおり、パリのグルネル通りを刺激するだけでしょう。パリにはヨーロッパの中央情報機関があるということをすぐさま思い知らされるでしょう。そして任務の範囲がどんなに違うかについては、即刻イタリアで思い知らされますよ。何を隠そう、ありがたいことにフランスには、爆弾を持った革命家や社会主義者がここイタリアより確実にずっと多くいるのです！　正直申して、小官はイタリアではパリの同僚の四分の一の心配事や懸念すら持っていないのです！」

「くそったれが……あの国に関する任務など想像すらしておらんかったわ……」

「今後ともお考えなさいますな、総領事！」憲兵は助言した。「我らの問題で貴殿を煩わすことはありません。ですからこうしましょう、郵便馬車のチヴィタヴェッキア到着についての当方の手の者からの電信を待って、ペテルブルグへ報告電を打ちましょう。閣下は外務省へ、小官は自分の上級部隊へ。双方でもって、日本国公使についての不測の事態に関する懸念を示すのです。また貴殿は、パリの情報機関を今回の件に引き込むことが正しいかどうか、『賢明なる』ゴルチャコフ宰相に改めて考えていただくのです。全てうまくいきます、総領事！我々の上の省庁が我々より先に話をつけるでしょう、確実に！　貴殿の外交任務に対する小官の寄与については、当面黙っていてください、よろしいですな？　大丈夫、きっとうまくいきますよ！」

ナポリからトリノへの日本人の旅路は、穏やかで平穏とはとても呼べないものだった。郵便馬車の席を買い上げ、指定された時間に出発駅に行ってみると、榎本と二人の同行者は乗客が自分たちだけではなかったと突如気づいた。郵便馬車の中の前列の座席を平然と占領していたのは二人の男たちだった。榎本は見知らぬ男たちにお前たちの明らかな間違いだと指摘するべく、フランス語、ドイツ語、フラマン語で試してみたが、男たちは手を広げて、虚仮威《こけおど》しのイタリア語で答えるだけだった。そこで榎本は状況を説明させるべく、駅の郵便局へ向かった。

しかしそこでも、昨日はまだそれなりにフランス語で話していた職員が、一晩で全くフランス語を忘れ、かつかなりの痴呆になったかのようであった。榎本はドイツ語、続いてフラマン語に変えてみたが、やはり結果は同じだった。榎本はがっかりして、国際共通語である身振り手振りに訴えようとした。職員を馬車の方へ連れてきて、大袈裟な身振りで馬車を囲むようにし、自分と同行者を指差してみたのである――「ここは全て自分たちのだ！」と。予約した馬車の中も外も全ての席番号が書かれた領収書を提示しても意味がなかった。全て無駄であった！

郵便局員用の角笛が二本交差したデザインの帽章がついた制帽を被ったイタリア人は頷い

て、日本人たちに向ってにっこり笑うと、また自分たちの言葉でお喋りを始めた。日本人旅行者の方へ腕を突き出し、目で同意を求めて左手の三本の指を折ってみせた——「正しいですな？」。日本人たちが抗弁するのが難しいとみると、イタリア人は空いている馬車の席を指で数えだした——外に六席、中に空席四つ。十席、そうですな、旦那様《セニョール》？　お宅は三人——であればもっとご入用ですか、閣下？　まさか今残っている広さで、お三人様に足りないとでも仰るのですか？　榎本は懸命に自分を抑えようとしながら、この算数の争いに参加しようとしないどこの馬の骨とも知れない乗客が、自分たちが買ってあった馬車の席を占拠しているのだと何度も説明しようと試みた。

職員は再び頷いて手を胸に当て、イタリア語の独壇場を展開した。他所者の旅行者をあざ笑うように手を振って、「お気になさらず、旦那様方《セニョール》！」という身振りをした。

トリノ・タクシス家の紋章の付いた紅《くれない》の薄汚れた制服を着た御者と、郵便用の箱に座り古びた銃を持った保安員は、乗客と職員の言い争いを面白がって見ていて、この状況について大声で会話を交わし、絶え間なく腹を抱えて笑っていた。榎本はヨーロッパ留学時代を通じて現地の人間の礼儀のなさには慣れており、ほとんど気に留めなかったが、一般平民の不敬と嘲りに屈辱を覚える志賀浦太郎と足利留夫は青くなったり赤くなったりした。

榎本は同行者たちが今にも怒り出して大きな醜聞を引き起こすのではないかと感じ、この意味のない言い争いを止めた方がよいと判断して同行者たちのところへ戻りかけた。

「野蛮人の無作法についていきり立ってもしかたない。全くもって、野蛮人によくある行動だ。お二方、ヨーロッパでは多くのことに慣れていくことになる、中には全く見知らぬ人々から侮辱を受けることもあろう。この者たちと席を同じくしようではないか。このイタリアのしたたか者は、昨日は余が馬車の全ての席を買いたいと思っていたことを知らなかっただけかもしれぬ。あるいは、ずるをしているだけかもしれぬ。いずれにしても我らには今、申し開きはできん」

「かような非礼に慣れることはできません」深々と頭を下げ、浦太郎が自分を制して言った。「閣下の忍耐に敬意を表します、榎本さん！　お言葉ごもっともです。この馬車が我が国の国費でトリノへ行きたい乗客に占拠されてしまわないうちに出発いたしましょう！」

足利留夫は馬車の中にいるヨーロッパ人の乗客と、喋り続けている郵便局員に憎々しげな視線を送って黙って頭を下げただけだった。

「素晴らしい天気だ！　外の席を陣取ろうか？　そうすれば各地の素晴らしい景色が見られるぞ。まるで艦橋のようにな！」榎本は提案した。

後方の車輪側の大きな箱に荷物が置かれるのを待ち、三人は梯子段をよじ登って屋根の上に腰を落ち着けた。榎本と浦太郎が隣り合って座り、もう一人はやや手間取ったのち向かいに座った。

そうこうするうち、郵便局員は長い言い争いののち一息ついて、御者の目の前に時計を突

1　ヨーロッパにおける郵便サービス組織化の初の試みは、郵便物と客員の輸送を当て込んで、早くも一五一六年にベルガモのタクシス家によって始められ、以降その子孫の家業となっていた。

き付けながら噛み付いた。御者には全く関係のない出発の遅れについて、はっきりと御者を叱ったのである。これが新たな言い争いを生んだ。保安員とたまたま通りかかった人々までもが入り込んだのである。最終的に御者はシルクハットを目深にかぶり直し、丸い角笛を吹き鳴らし鞭をしなわせると、大きな馬車は速度を上げながら北へ向かって道を滑り出した。

浦太郎がイタリアの地図を取り出し、ナポリからトリノの距離を測ろうとしていた。

彼はつぶやいていた。「どのくらい行くことになるのだ？」

「我らの旅の目的地まで概ね百八十郵便リヨ[1]ある。郵便リヨというのは陸地のリヨよりやや短く、海上リヨのほぼ半分だ、中尉」榎本は付言した。よって我々の移動時間は三、四日と言ったところだ。もちろん、道が壊れていなければだがな……」

「恐れ入ります、閣下！」

ナポリの細い街路を出てイタリア北部へ至る道は海岸に沿っていた。道は山の斜面に絡みつき、空と海の間でつづら折りに連なっていた。時に道は狭くなり、前もって馬具を装着してあった四頭立ての馬もいつの間にか自由な歩みを制限され、岩の多いでこぼこの際へ追いやられるほどであった。馬は鼻息を立てて頭を高くもたげ、その時には郵便馬車の左側の車輪が、潮騒すら届かないほど深い崖のいちばん縁を走りそうになった。

馬車の屋根からはこの光景がより強烈に見え、まるで神経に触った。日本人たちは互いを横目で見合いながら、馬車の中の席ではなく外に座ったことを密かに後悔していた。

御者はその間、藁で巻いた瓶から始終ワインをすすっては大声で歌を歌い、馬を駆りながらやたらに鞭を使った。おかげで馬車は随分と速く走った。そして馬車が次々と急な曲がり道に近づくたび、榎本はこんなほろ酔い加減の御者を乗せた対向馬車が向こうから飛び出してくることを考えないように努めていた。

しかし、現実的な危険でいっぱいだったにもかかわらず、日本人旅行者たちは疾走する馬車の周りに開けている雄大な景色の美しさを気にとめずにはいられなかった。地平線のそばで青白く変っていく海面の濃い青色、船の帆のはっきりとした白い斑点——こうしたもの全てが山がちな地形との間に印象的な対照をなしていた。岩の多い斜面の淡い緑色は前方に茂り、はっきりと青色に見え、まるで頂の輪郭を天球に突き立たせているようだった。

三時間後、止まることを知らない馬の速足は谷間へ抜けた。右側の山々はいくぶん遠ざかり、道に沿って古代ローマ人の墓地が現れては消えて、後ろへ流れ去った。御者はさらに熱を込めて鞭を使い、角笛を吹き鳴らし、馬車は行程上最初の駅の開けっ放しになった門に全速力で飛び込んだ。御者は鞭を投げ捨て、今度は全力で手綱にしがみついた。重い馬車は半円を描いてようやく止まったが、庭の真ん中にある自然の石に囲まれた井戸の屋根を吹き飛ばすところだった。

この騒ぎと轟音に飛び出してきた宿屋の主人は、明らかな加害者である御者に対して即刻

1　フランスの郵便リヨは現在の尺度では三・八九キロに当たる。したがってナポリからトリノの距離は概ね七二〇キロに相当する。

猛烈に悪態を吐《っ》きはじめた。思う存分文句を言うと、まるで決めてあった形式的なやり取りを済ませたかのように、御者と宿屋の主人は抱き合って互いに背中を叩き合い、宿屋の中へ消えていった。そうしている間に馬丁は苦しそうにあえいでいる馬を外して、新しい馬を引いてきた。もう四頭立てではなく、六頭立てになっていた。

日本人旅行者たちは痺れた足を揉みながら高い席から降りた。するとすぐに、この見慣れない乗客たちを遠慮なくじろじろ見ている裸足の少年たちに囲まれた。少年たちは日本人の袖を引っ張って、馬車から降りてきた二人組の招かれざる同乗者に怒鳴られるまで小銭をせびり、貝殻状の器と、何か幼稚な木工細工を見せるのだった。同乗者二人は手招きをして、むちゃくちゃなフランス語で日本人たちを宿の方へ呼んだ。ここならどう見ても小腹を満たし、未熟成のワインか水が飲めるだろうというのだった。

日本人たちは食べ物とワインは断った。ただ驚くほど美味くて歯にしみる冷たい水を飲み干して、女中に手伝わせて顔と手から道中の埃を洗い落とすにとどめた。

十五分後、立ち寄った宿所の玄関へ出てきた馬丁は、席に着くよう馬車の客に呼びかけながら再び角笛を鳴らした。榎本は浦太郎の方へ戻り、準備された六頭立ての中央の馬に鞍をつけた御者に向かって頷いた。

「恐らくこれから道は上り坂になるのだろうな、中尉」

浦太郎は頷いた。

再び道の両側に木々と格式ばった珍しい石造りの建物が現れては消えていった。太陽はほぼ天頂にかかり、暑さが増した。馬車はさすがにゆっくり進み、御者は黙り、時たま形式的に鞭を振り上げるだけとなった。榎本は、外の席の肘掛けが引き出せて固定でき、馬車が急に旋回した時や上階の席の客が眠っている最中に思いがけず滑り落ちてしまうのを防いでくれることに気付いた。さて、寝転がって休めそうだ。

……榎本武揚は一八三六年八月、徳川将軍家の家臣だった榎本円兵衛の次男として生まれた。初めて軍務についたのは十二歳で、十八歳でオランダ流の海軍伝習所の生徒として入学した。海軍伝習所を卒業すると、榎本は江戸へ戻った。

徳川政権はその最後の日々に差し掛かり、将軍の影響力を保とうとあらゆる可能性に賭けていた。三百年の鎖国体制は明らかに機能しなくなっていた。国の各港には外国の近代型の船がぎっしりと詰め掛けていた。自国の海軍設立が国の急務となる時が来た！　こうして一八六一年、幕府はアメリカからまとめて三隻の蒸気式の軍艦を購入する決定を下した。海軍伝習所のとくに優秀な卒業生と教官に、軍艦の建造工程を視察し海事を学ぶことが命ぜられた。その中に榎本武揚がいたのである。

しかしアメリカ行きは実現しなかった。南北戦争が勃発したのである。戦争がいつ終わるのか、誰にも分らなかった。時は流れ、幕府は注文内容を変更し、静かで茫洋とした感すらあるオランダを相手に選んだ。ヨーロッパ行きの研修生として派遣されたのは当初アメリカに派遣されることになっていた十五名の若い船乗りだった。

船乗り達の長い旅路はオランダの小型の商用帆船カリプソ号で始まったが、研修生達はバタヴィア[1]で乗り換えさせられることになっていた。

一八六二年九月十一日に始まった航海は容易ではなかった。ジャワ島沖で船は強い嵐に見舞われ、船体に穴が空いた。船が今にも海底に沈むだろうと確信していたカリプソ号の乗組員は、日本人に隠れてボートに乗り組み、乗客を見捨てて漕ぎ出して行った。カリプソ号は三日間波に揉まれ、帆は全て風で剝ぎ取られ、帆柱は折られた。しかしカリプソ号は奇跡的に沈没を免れた。海が静まると、日本人研修生たちは船には食べ物も飲み物も何もないことに気がついた。甲板に積んであった貯蔵品は全て波で洗い流されていたのである……。

三日目、沈みかけたカリプソ号のもとへ近づいてきたのは、イギリスの旗を掲げた商用帆船だった。しかし、日本人研修生たちの喜びは空振りに終わった。災難に見舞われた中にヨーロッパ人がおらず、船倉には何も使えるものがないことを確認すると、イギリス人たちは日本人をあっさりと見捨てて立ち去ったのである。

災害に耐える日本人が次に出会ったのは……マラッカの海賊だった。帆がぼろぼろになった遭難船に気づくと、海賊たちは数隻の小舟でカリプソ号を取り囲み、乏しいが確実な儲けを当てにして船べりに上ってきた。が、船に乗っていたのはただの研修生ではない、サムライだった！　日本人たちは海賊を武装解除させて、自分たちを近くの小島へ送り届けさせたのである。

島は無人のようだったが、たまに隣の島から釣り人がやってきた。結局釣り人たちが日本人を助けた形になった。間もなくジャワから軍艦がやって来て、日本人たちをバタヴィアの港に送り届けたのである。

こうしてようやく十一月の初旬、日本人研修生たちはスクリューのついたプロペラを始動させた三十馬力の蒸気機関フリゲート船に乗った。万が一のときのために、もちろんフリゲート艦トレント号には帆も装備されていた。

スエズ運河は当時まだ開通しておらず、研修生たちを待っていたのはインド洋を通過し、アフリカを回って大西洋へ入り、はるばる北へ向かう長い道のりだった。一八六三年二月八日、トレント号はセントヘレナ島ジェームズタウンの港に碇を下ろした。もうここはヨーロッパだった！

……榎本は旅の初めほどには快適でなくなってきた座席の上で揺られていた。今回の同行者に目をやって薄目を開けた。この足利留夫という輩の心を読み取り、警戒を暗示する名前を持つこの男が何者かどんなに知りたかったことか。いや、時がたたねば分かるまい！　榎本は自分にとってきわめて不快な人間について考えるよりもっと深淵な思考に思いを致した。詩を読む？　それについてはジェームズタウンの停泊地で、記憶に残しても恥ずかしくないような詩を書いたのだった。


長林烟雨孤栖鎖（長林の烟雨《えんう》、孤栖《こせい》を鎖《とざ》す）

1　インドネシアの首都ジャカルタのかつての呼び名。オランダ人の祖先バタヴィア人に因んで名付けられたバタヴィアという堡塁があって、後に街が生まれた。

末路英雄意転迷（末路の英雄、意《こころ》転《うた》た迷う）
今日弔来人木見（今日弔来の人を見ず）
覇王樹畔鳥空啼（覇王樹《はおうじゅ》の畔《ほとり》、鳥空《むな》しく啼《な》く）[1]

四月の半ば、トレント号はオランダのブローウェルス港に碇を下ろした。そこから目的地までは、運河に沿って水先案内の引き舟で行けるのみであった。一八六三年四月十八日、航海はロッテルダム港で終わりを告げた。

研修生一団の異国風のなりに驚いて後をつける人が港や道に黒山のように集まった。日本出国に際し、日本人研修生たちは断固たる政府の命を受けていた。異教に改宗してはならない、そしてなんとヨーロッパ風の服装をしてはならないというのである。若い人々は、ヨーロッパ人には見慣れぬ服装をした人間はそこらじゅうで関心をひくだろうとの考えを慎重に表明したが、幕府の役人は耳を貸さなかった。それ見たことか！　黒い紋付を着て腰に刀を提げた十五人である。頭には尻尾の形に括られた長い髪、足には珍しげな見かけのサンダルである……。人々はこの光景を眺めるために十字路に集まってきただけでなく、街灯にぶら下がり、束になって家々の窓や扉に貼り付いていた。

ドルトレヒトにあるヒプス造船所のドックでは、「日の出」を意味する「開陽」と日本で呼ばれることになる船の骨組みの建造が既に始まっていた。まだドック全体に縦に並んだ安定板だけの姿だったが、未来の艦の図面を熟視していると、榎本にはもう高い甲板を持った滑らかな船体や、甲板の上部構造や蒸気をあげる煙突が目に浮かぶのだった。このような船は未だかつて日本になかった！　蒸気機関をつけた三本マストである……。現代の単位にすれば、遣《や》り出しを入れて長さ八一メートル、幅十三メートル、動力四百馬力である！　まさか自分が、ただの侍の次男坊が、この艦の艦橋に乗って母国の港に入港するのだろうか。

ヨーロッパの科学を早期に習得するためには、何と言ってもオランダの船大工達が話している言葉を学ばねばならなかった。榎本はこの頃までにどうにかこうにかフラマン語を操ることができたが、即座に二人の教師を雇い、二人について一日八から十時間ずつ二交代制で勉強した。オランダ人教師たちはこの尋常でない生徒の粘り強さに驚嘆し、半年後で音を上げたが、学生の方は非凡なる天賦の才を発揮し、顕著な成長を見せた。半年後、榎本は片方の教師を解任し、ロッテルダム海事学校に入学するに充分な準備が整ったと判断した。

榎本は強大な力を持った将軍の命を全て実行した。海軍関係の学問と造船術に加え、物理学、化学、弾道学、そして国際海洋法までも習得したのである。

一八六五年十二月、開陽丸は進水し、最終工程と艤装のため早くも浮きドックに浮かべられた。この頃までに、あと八名の海事研修生が日本からオランダにやってきていた。一年が経った。この間に開陽丸の砲台にはドイツの兵器廠《しょう》から購入された二六門のクルップ砲が装備された。小口径の十二門の補助砲が船首と船尾に取り付けられた。日本の船乗り達はこの

1　榎本の長歌。「長林」とは英語の Longwood の直訳で、セントヘレナ島に流されたナポレオン一世の名と関係のある小さな村である。

間に帆や舫《もやい》の扱いを学び、海上公試に参加した。

こうして翌一八六六年の十二月、開陽丸はオランダ海軍ディノー艦長の指揮下に百人のオランダ人と日本人研修生を乗せてヨーロッパを出航し、アメリカ南東部を目指した。珍しい軍艦旗は二カ月経たないうちにリオデジャネイロにはためいた。

艦はブラジル沿岸には長く留まらなかった。船の予備石炭を括って積み込むと、ディノー艦長は南米大陸の南端で針路を日本の沿岸へ取った。ひどい嵐、蒸気機関冷却のための淡水の欠乏――そのため淡水を海水から作り出すことになった――試練は日本人研修生たちにとって本格的なものだった。航海を始めて百九日目、彼らはとうとう全ての日本人にとって神聖な山である富士山の山頂を拝んだのであった。

日本では船大工とオランダ人乗組員に対して最後の支払いが行われ、開陽丸の艦橋には艦長になったばかりの海軍大佐榎本武揚が立った。榎本は充分な数の日本人乗組員を徴用しにかかった。水夫の教育ははるばるヨーロッパから船で到着した研修生の指揮で行われた。乗組員の教育は大阪湾の警戒任務と同時に行われた。

軍事政権だった幕府は、日出づる国一教養ある男に肩書きと地位を惜しみなく与えた。榎本はほどなく、日本全体の海軍副総裁となったのである。

しかし、一年と経たないうち、かくも輝かしい榎本の経歴は終わりを告げた。国には王政復古が起こり、それまで絶大だった日本の武家政権の長である徳川将軍は統治権限を奪われた。国には内戦が起こった。徳川家に忠誠を誓った榎本は当然幕府方についた。鳥羽・伏見の戦いで敗れた幕府方の代表を自分の艦で東京へ脱出させ、四カ月後自分の艦隊[1]に北へ向かうよう命令を下したのである。

「閣下！　榎本閣下！　お邪魔を致します！」

榎本は志賀浦太郎の突然のよく響く声で、まどろみと頭の中をゆったりとたゆたう途切れ途切れの追憶から我に返った。馬車は相変わらず北へ向かって走り、朝の地平線に青く見えていた雄大な山が随分と近くなり、天頂を覆うかに見えていた。

「どうした、中尉」

「詮索するわけではありませんが、榎本さん。自分は軍人であり命令は遂行します。ですので今まで自分はロシアにおける我らに与えられた外交任務の大目的には関心がありませんでした。しかし……。我らは早晩ロシアに到着します、ですからお伺いしたいのです。我らにはどんな任務が控えているのでしょうか？」

榎本は志賀のほうに向き直った。まさか何も知らないのか？

「お前は余の通詞としての任務を拝命したはずだ。大目的についてまさか本当に何も聞かされていないのか？」

「仰せの通りです、閣下！」

「む……お前はどうだ、足利中尉？　やはり何も知らんのか？」

1　艦隊には開陽丸以外に七隻の軍艦が統合されていた。

足利は腰を浮かせて頭を下げた。「私は西郷隆盛大将の参謀本部におりました、閣下。閣下はよくご存知のはず。私は貴殿の指揮下に入りましたが、自分の以前の任務からは外交業務など予想もつきませんでした」

「余も同じだ」榎本はちょっと微笑んだ。「いや、来るべき交渉の大目的をお前達に隠す理由はない。我が国とロシアとの間には深刻な領土問題がある。ロシア人の言うサハリン、つまり北蝦夷の帰属問題だ。ロシアにとってはこの島には刑場と拓殖民が少数いるくらいだ。だが我が国にとっては、同島南部は大きな漁場だ。そればかりではない。樺太は、特にもし両国の関係が極度に悪化したときには戦略的な位置づけを持つ」

「まさか我が国がいつの日かあのロシアのように強大な国に挑むのでしょうか？」志賀は張り詰めた表情で榎本を見つめ、身を乗り出した。

「志賀中尉、お前は船乗りだ。極東の海域におけるロシア艦隊は英国あるいは米国のそれよりかなり小規模だということ、見てこなかったわけでもあるまい。ロシアは東部地域では脆弱で、強大な艦隊も、基地もない。ペテルブルグで我らが提示する国境の選択肢のひとつは、サハリン自体を陸上で分割する案だ。だがロシア側はこれには賛同するまい。このようなことをすれば日本が南樺太の豊富な石炭の産地を手に入れるばかりか、タタール海峡とアムール川河口を含む強大な前哨基地を持つようになること、ロシアは充分すぎるほどよく分かっている」

「しかし閣下、ロシアは脆弱だとおっしゃったではありませんか！」志賀の眼は榎本がよく知っている戦に赴く侍の闘志に燃えていた。「もし交渉における我らの立場がかなり強硬なものとなるとすれば……」

「ことはそう簡単ではない、中尉」榎本は軽く笑った。「今日の日本も随分と脆弱だ。我らには韓国遠征のための船すらない。加えて政府には南樺太で充分な海岸警備を整える金もない。もし我らが愚かな意地を張るなら、早くも二、三カ月後には必ずや日本の海岸近くに、バルト海、黒海から展開したロシア艦隊を見ることになろう。そうなれば即刻勢力均衡は崩れるのだ」

「よく分かりました、閣下」志賀は目に見えて気を落とした。

「また別の局面もある、志賀中尉。ロシアに南樺太を譲歩させ、国庫にはその開発のための金がないとなれば、我らは英国および米国に対して、否応なく樺太の扉をあけることになる。英米はそれこそが狙いなのだ！　そこから彼らを追い出すのは、ロシアとの間に対等な条約を結ぶよりもずっと難しい……そうではないか、足利中尉？」榎本はこれまで会話に参加していなかったもう一人の中尉を正面から見据えて言った。「西郷隆盛陸軍大将の参謀本部では、本件をどう見ている？」

「日本陸軍は、上官のあらゆる命令、恐れ多くも天皇陛下のあらゆる命令を、遂行するものであります！」

「それはそうだ、中尉。それは余も疑わぬ……だが足利中尉、お前が指揮していた部隊は、司令部でどんな任務についていたか教えてくれないか。お前は中尉であるなら、何らかの部隊を指揮していたのだろう、違うか？」

「その件について、語る立場にありません！」

「何とくだらん！　お前は余の指揮下に入った。将官相当、大臣相当の海軍中将の指揮下にな。そしてお前が余の指揮下に入ったならば、余はヨーロッパ人が言う最も効果的な形でお前の知識と経験を活用せねばならん。そのためにはお前がとくに何に優れているのか、知っておかねばならないのだ」

「語る立場にありません！」足利の眼は悪意に燃えていたが、声音には敬意が残っていた。

「命令を受けておりますゆえ！」

「どこの世界でも軍隊というものは、最新の命令、あるいはより上級者の命令が優先だ、中尉！　まさに陸軍大将の参謀本部で勤務していながら、お前がそれを知らんとは残念だ。もっと残念なのは、今になってこんな話をしていることだ。もし二日早くこの話が出ていたら、今頃お前は地中海で追いついてきたクリッパー船で日本へ戻されているところだ。新しい任地ペテルブルグに着き次第、即刻余の報告によりお前が余の命令実行を拒否したことを知った外務省の決定が下るまで、お前は在宅謹慎だ、足利中尉！」

「はっ……」

足利の声に密かなあざけりを感じたが、榎本にはそれを糺《ただ》す材料がなかった。

「次の駅に着いたならば、余ができる限りその面見《つら》なくてよいよう席を移れ、足利中尉！」

「はっ……」

榎本はことさらに志賀浦太郎の方へ向き直った。

「どこまで話したのだったかな、中尉。そうだ、アメリカとイギリスの話だ。恐らく知っておろうが、〈竹の帳〉を取り払う宣言をして、我が国はヨーロッパに恒久的な外交代表機関を置くようになった。そしてロシアは我が国にとって最も近い北の隣人だ。ヨーロッパへ行くにはロシア経由が最も近道だ。もっとも道自体はまだないのだがな」榎本は軽く笑った。ロシアの東部全体はシベリアと呼ばれているが、深い森と、我らでは想像するのも難しいような幅の川で覆われた無人の大地が広がっているのだ、中尉！　しかし道と民――これは時間の問題だ。一方で外交関係の橋は、木の橋、鉄の橋、石の橋よりも先に架けていかねばならぬ。だから我らはロシアへ向かうのだ。第一の橋を架け始めるためにな！　それればかりではない、もう一つ外交上の問題がある。中尉、貴殿はペルー船マリア・ルス号についての国際的な醜聞を覚えているはずだ。同船は当時修理のため横浜に寄港した。そこで一人の清国人奴隷が船から逃走した。日本は奴隷禁止に関する国際協定に従い、ペルーへ移送中の二百名以上の清国人奴隷を解放させた。遺憾なことに、ドイツ、イギリス、フランスがこの件に関してペルーを支持した。議論の決着はついていない。そこで我々には本件について強固な支援者が喫緊に必要なのだ。それをロシアに期待する」

「よく分かりました、閣下。して、閣下はいかがお考えになりますか？　北の蛮人とは、我が国の国益を損なわぬように樺太について合意できるのでしょうか？」

「分からん」榎本は正直に認めた。「貴下も恐らく知っての通り、余には外交交渉の経験がない。その上、艦上勤務の際も……そしてその後もロシア人との付き合いはほとんどなかった。貴下とは違う、中尉。オランダで勉学していた際、二人のロシア人航海士と知り合いになった――だがその付き合いもずいぶん前の、短い間のことだ……。そこへ行くと貴下は、ロシア船舶が日本の港に寄港した際、彼らのところで海事実習をしたのだったな?」

　浦太郎は言いよどんだ。

「は……その通りであります、閣下。しかし自分には判断がつきかねます。ご存知かと思いますが、日本人と外国人の関係が公的な交流を超えないよう、政府は厳しく監視していました。自分にはロシア人は……オランダ人やドイツ人、フランス人と比べて純朴に映ります。より誠実で、我らの習慣や伝統を尊重します。しかし自分は間違っているやもしれません。自分はただの船乗りですから」

「『ただの船乗り』か……」榎本は繰り返した。そして体ごと浦太郎の方へ向き直り、その眼を注意深く覗き込んで言った。「中尉、余にも質問がある。本任務の初めから余が憂慮していることだ。貴下はどのくらいロシア語をよく話す? 今後の交渉の命運を賭けた重大な責務を余と分かち合うに足りるほど自在に操れるか?」

　志賀浦太郎は据えられた相手の視線をしばし眼で受け止めようとしたが、つと目を伏せた。

「そのご下問あるとあらば、恐らく閣下は答えをご存知なのでありましょう!」浦太郎は呟いた。「自分は充分に北の蛮人の言葉を解します。日常のやり取りの中ではです。しかし閣下のお話となりますと……自分がどの程度お役に立てるかはお答えが難しくあります」

「よく話してくれた、中尉」榎本は前に向き直り、輝く海の青を見つめた。

郵便馬車は北へ向かって走り続けた。何度か前から来る馬車と行き違った。その御者たちは行儀よく少し速度を落とし、郵便馬車の乗客たちに快活に挨拶した。太陽は引き続き目を眩《くら》ませ、服の上からでも体を焼いた。榎本は再び眠りに落ちながら、夕方までに馬車の中の席に移らねばならないかと考えていた。

眠りを誘う郵便馬車の軽い揺れが、突然、騒ぎと割れるような音と馬のいななき、そしてやかましいイタリア語の罵り合いに変わった。まどろんでいた日本人の乗客たちはぱっと目を覚まし、手摺にしっかりと掴まって、何が起こったかと辺りを見回した。

立ち往生している馬車と接触して止まっていたのは対向の別の郵便馬車だった。両方の馬車の御者が居眠りをしていたか、対向の馬車のために狭い山道で多少の道も譲りたくなかったか——二台の馬車は行き違うことができずに後輪の車軸が絡み合って止まっていた。

対向の馬車の方がひどい状態だった。右の車輪は殆ど崖っぷちに落ちかけていて、興奮した馬が飛び出すため、馬車はだんだんに崖の方へ引っ張られていた。御者たちはその場で互いの罵り合いに完全に心を奪われて、馬車の状況に気づいていなかった——ひどく驚いた対向の馬車の御者だけが自分の馬車の中央の馬から下りて崖の方へ走っていった。誰も馬をなだめられなかった。

最初に危険を充分察知したのは志賀浦太郎だった。志賀は自分の座席から飛び下りると、対向馬車の前の二頭の馬のくつわを摑まえ、馬をなだめ始めた。馬の汗だくの首を撫でたり叩いたりして、何か小さな声で日本語で話しかけていた。

馬は少しずつおとなしくなり、前へ向かってもがくのをやめた。馬車の車輪から崖の下へとこぼれる砂岩の〈小川〉の不気味なさらさらと流れる音も静まった。続いて下りてきた榎本と足利は互いに言葉を交わすことなく、自分の馬車を崖の近くへ移動させようと後輪を摑んだが、馬車は余りにも重かった。

他の乗客たちもはっと気づいた。日本人が買い上げた席で旅をしていた二人の男と、両方の馬車の保安員が助けの手を差しのべるべく馬車から飛び出してきた。皆で力を合わせ、ようやく馬車の後輪が少し動かせたところで榎本は志賀に合図を出した。志賀は注意深く馬を引っ張り始め、二台の馬車の車軸は引き離され、すれ違った。

正気に戻った御者たちが、車輪の跡が道の端に残っているところから崖下を用心深く見やって急いで少し後退し、二人同時に十字を切った。そして我先にと自分の瓶から日本人にワインを勧め出し、親しげに背中を叩き、肩を抱き始めた。

こうした無遠慮なヨーロッパ人の習慣をすでに知っていた榎本は、なれなれしく抱擁したり叩き合ったりするのを軽く笑って受け流していた。だが自分の同行者を見て、二人がいつ何どきこの平民どもの手を跳ね除けて何らかの脅しに出かねないと考えるに至った。とくにヨーロッパの人種や習慣と近しく接したことのない足利にあっては、腹立ちのあまり青ざめていた。

顔に笑みを絶やさないで、榎本は大きな声で日本語で同胞を諭した。

「そんな無礼者に構うな！　全くお前たちへの不敬によるものではないのだ。ヨーロッパではこうして助けてもらった礼を言うのだ。笑って、このいかがわしい者たちを拒まないでくれ、この者たちは日本の作法を知らないのだ」

この命令は正に時を得たものだった。純粋に心から外国人に対して助けてもらったことに感謝を示したイタリア人たちは、どこの馬の骨とも知れぬ異邦人が自分たちの親しげな態度をやっとのことで我慢していることにもう気付き始めていた。あまつさえ日本人たちはイタリア人を押しのけようとすらしていた。年長者に従う武士の規律と習慣により、無理やりではあっても若い二人は親しげに微笑み返すほかなかった。

最終的に事件は解決し、双方の馬車の乗客たちは自分の席へ散っていき、御者は角笛を唇に当てて、馬車は行き違った。足利は唇を固く結んで、馬車の中の席へ移った。

榎本は自分の元の〈艦橋〉にやや快適に落ち着き、今度は鞄の中からスイス製の性能の良い双眼鏡を掴み出した。そして進行方向に向かって左手に開ける海域をレンズ越しに楽しく見つめた。地平線の向こうに消えてゆくあの遠い白い欠片《かけら》が、二日前に自分達に追いついて遠く日本へ戻ってゆく我が国のクリッパー船の帆だということもあり得ないことではない。

さほどの意味が……榎本は一瞬顔から双眼鏡を離し、瞬《まばた》きをしながら考えた。さほどの意味があるのだろうか、我が国政府ともあろうものが、ロシアへ向かう公使に政府承認の海軍中将の礼装の下絵を渡すために高い出費を許すだけの意味が……。必ずパリで軍服を注文せよとの命令を下絵に添付するのは、要らざる世話なのではないのだろうか？

榎本の軍服は、ロシアへの道中のどこかで仕立てられる予定だった。スイスでもベルリンでもよかった。パリでとは、何のためにそんな迂回を？　しかし命令はあれこれ言い立てるものではない——加えて榎本は、パリに立ち寄る可能性に大きな喜びを覚えた。ヨーロッパで言う「苦あれば楽あり」である。フランスの首都に行けば、ジュール・ブリュネに会えるかもしれない。もちろん、幸運がこのせっかちな軍人を海外での新たな冒険にいざなっていなければの話だが。

軍服を特別にパリであつらえよという命令が自分をジュール・ブリュネに会うことに駆り立てるという特別な目的を追求するものだったとは、榎本は想像だにしなかった。だがもし榎本がこのフランス人の存在を忘れるか、自分の新たな外交任務においてこのフランス人に会うことが不適切と考えるかしていたなら、足利留夫中尉にはこの会合をできるだけ奨励するようにと命令が下っていたかもしれない……。

そうこうしている間、郵便馬車はイタリアの長靴形の土地を北へひた走った。いくつかの駅で馬がさらに三回取り替えられた。夜がその黒いビロードのような帳《とばり》をアペニン山脈の上に下ろす頃、御者は疲れ切った乗客たちに情けをかけた。汗をかいた馬を五軒目に立ち寄った家の軒先に置いて、御者は通訳なしでも分かる言葉を叫んだ。

「停止！」

夕食と一夜の宿がこの駅で旅人を待っていた。

榎本は地図を広げ、満足げに頷いた。

「思った通り、今日でトリノまでの道の三分の一を踏破した。あと二日でイタリアのかつての都に到着だ。そこで列車に乗り換え、後はずっと快適な旅が待っている！」

二日目から三日目にかけての夜、トリノの郵便駅に到着すると、日本人たちにはかなり旅の疲れが見え、眠ってひと休みするために地元の宿に留まることを決めた。とはいえ先を見越した榎本は、女中に二日後のパリ行きの寝台列車の切符を買いに行かせるよう宿の主人に言いつけなければと考えていた。

日本人を尾行していた諜報員たちは、予約した切符が購入されて宿へ送り届けられたことを見届けると、即刻ナポリ宛の確認電報を打った。そして任務終了により勝ち得た休息を取るべく、日本人とは別の宿へ急いだのであった。

電信は不揃いな文字の羅列に変わる前に長旅をした。当初ナポリへ、その後多少文面を変更されてジュネーヴへ。そこでイタリア発の電信文は、ベルリンとワルシャワへ伝えられる前にかなり大きく変更された。そして、あるワルシャワの小役人は受け取った電報を特殊なファイルに仕舞い込み、ロシアのクロンシュタットへは全く別の言葉の並んだ電報を送信した。この電報はまず初めにクロンシュタットの電報局の配達員オシップ・ペトレンコに苦々しい思いをさせた。そして結果的には……ロシア帝国外務大臣ゴルチャコフ最高公爵にも苦々しい思いをさせることになった。

「コンドラーチイ・ステパーノヴィチ、勘弁して下さいよ！」静まり返った夜半、フィンランド湾からの猛烈な風が家々から屋根を引きはがさんばかりに吹き荒れ、春とは思えないほどパイプの中で吠えている街路に出るのが死ぬほど嫌だった配達員は不平を言った。「その電報、どんだけ急ぎなんです？　いや、赤ん坊が生まれたとか、どでかい遺産が誰かに転がり込むことになったとか……ならまあ分かりますよ！　行かなきゃいかん、走りましょう。それが何です？　酔っ払い商人野郎がはしゃぎ回って、それだけじゃないですか！　何だか甥っ子のこと書いて、そんなもん知りませんよ。甥っ子はそっちじゃなくてこっちに来たがってる……。じゃあそうさせときましょう！　ほんとに受取人の奴、朝まで待てないんですかね！」

「オシップ！　何を言うかと思えば！　『特別』と書かれた電報だ、一語ごとに金がかかってるんだぞ。差出人が金を払った以上、書かれていることは俺たちには関係ない。お前な、オシップ、去年初級電信手の試験を受けて、落ちたけど頑張っていたじゃないか。お前、そんなことで電信手の職務を果たせると思っているのか、え？　神様はずるい奴には本当に目をつけるだろうな。電報引っつかんで行ってこいって言ってるんだ。配達だ！」

オシップは泣いてもおどしても朝まで配達を遅らせてもらうことは無理だと分かり、襟を立てた外套の中の細い首をフードでしっかりと包み始めた。

「時計が十二時を打ってから一時間半ですよ」彼はぶつぶつ言った。「分かって下さいよ、どんな急ぎの電報だよ。郵便局長が俺を試験に落とした、それがどうした。そうかもしれないけど、俺よりロシアの地理をよく知ってるやつはいない、それはみんな認めてる。それが何だ？　分かります？　不届者の甥っ子はポラツクには行きたがらず、タガンログに行きます。

地図の上でポラックはどこ、タガンログはどこです？　それですっかり酔っ払いくさった商人野郎はお楽しみで、まわりは皆巻き込まれとけってことで」

電信手は本気で怒り始めた。

「しゃんとしろ、落第野郎！　朝になったら、お前が丸々半時間、特別電報の配達を遅らせましたと報告書に書いて上へ上げるぞ。そうしたらどうなるかな、このくそ地理学者！」

十五分ほどで受取人の住んでいる屋敷に到着すると――ありがたいことに、クロンシュタットはそう大きくないのだ――オシップは二階建ての屋敷の表玄関を叩き続け、それから静まり返った夜に扉を開けてくれるよう召使いに辛抱強く頼み込むべく心の準備をした。ところが、夜の配達員を待っていたかのように、最初のノックで中から不満げな声が聞こえてきた。「こんな時間に誰だ？」

「クラピーヴィンさんにワルシャワから電報です」

鍵と閂《かんぬき》が音を立て始め、ようやくドアが開こうかという最後の瞬間、召使いが灯りで覗き窓を照らした――ほんとに電報配達員か？　交差した二本の稲妻模様を染め抜いた記章がついた帽子を見て彼は納得し、ドアが開いた。

「配達簿を渡せ。俺がサインする、ご主人様が起きてしまわないように」

やや気分が良くなったオシップはドアを開けた召使いに配達簿を差し出し、特別な方法でたたまれた電報が入った封筒を手渡した。そして堪《こら》えきれなくなって、電報局では厳しく禁じられていることを下卑た態度で頼んだ。

「茶代もらえませんかね、どうかお慈悲を。ほら、こんな天気なんでさ。風がびゅうびゅう吹いて、足元さらっていきやがる！」

「二十コペイカくれてやるよ、かわいそうな奴め」召使いはオシップにこっそり硬貨を握らせると、意を決して入口の扉を開けた――「帰ってくれ！」。

しかし冷えきった街路へ再び出て行きたくなかったオシップはためらっていた。

「聞いて下さいよ、先生。ここの旦那様は誰なんです？　商人の出なのかい、それとも？」

「商売人、商売人だよ」〈先生〉は唇を歪めた。「出てってくれ。部屋を冷やすんじゃない。扉を閉めさせてくれ……」

フードを整えて体を縮め、オシップは帰り道を小股で電報局へ駆け出した。そしてほろ苦さと哀しみの中で考えた。神様は俺に商人の家の子として生を与えてくれなかった。あるいは、例えば大きな郵便局の局長の家に生まれていたら、夜中に馬鹿げた電報を配ってこんなにして走り回っていただろうか？

そうしている間にワルシャワからの「馬鹿げた」電報は、召使いに「商売人」の主人を起こす理由を与えた。

召使いはそっと主人の肩を揺さぶった。「旦那様、ワルシャワから電報です！『我らが神に栄光あれ』で結ばれております、旦那様……」

「あぁ、起きる、今起きるよ」主人は呻き声を上げて寝返りを始めた――もちろん商人の出などではなく、外務省某局の秘密職員の家系である――。「確かに『我らが神に栄光あれ』と書いてあるか。『神に栄光あれ』だけか？」

「『我らが』でございます、旦那様！」

「あぁ、分かった、今起きる」

至急電報の受取人の次の行動をクロンシュタットの電報配達員オシップが見ていたら、心底驚いたことだろう。電報文を隅から隅まで読み終えると、「主人」は重たげな部屋着を引っ掛けて、屋敷の中の特別な部屋へと赴いた。そこに置かれていたのは……最新の送受信機付きの電報器具だった。機械をつけて調整すると、「主人」は当座有効な暗号を打ち、ワルシャワからの電報文とひっきりなしに照合しながら、電線の向こうにいるたった一人の受取人、ゴルチャコフ最高公爵に宛てて電報を打った。

こうして一時間後にはナポリからの電報は速達で受取人の手に渡ったのである。

朝も早くから四つ折りにした用紙を盆に載せて運んできた召使いに起こされて、公爵はさっと起き上がり、うやうやしく差し出された眼鏡をかけて紙を開いた。召使いはろうそくを乗せた燭台を近くに引き寄せた。ゴルチャコフは自宅では新式の電灯をまだ許していなかった。

電報を隅々まで読んで、ゴルチャコフは着替えを持ってくるよう命じた。今まだ四時十五分だということにゴルチャコフの注意を向けさせるのは無駄だと分かって、召使いは小さく溜め息をついた。ありがたいことに、閣下は馬車の準備はお命じにならなかった。家の受信機で済まされるらしい……。

ゴルチャコフは自分の書斎でペンを走らせ、半ページを字で埋めつくすと、鈴で召使いを呼んだ。

「やはりパリということか」宰相は落胆して呟いた。「で、何でパリなのだ、日本のサムライたちよ！　哀れな我らに何を見せつけたいのだ」

ドアに召使いが現れた。ゴルチャコフは書き上げたばかりの紙を目で指して命じた。

「暗号局第一部のタウベ男爵に回してくれ。パリのオルロフ伯爵のところへ最速で送らせるように。クロンシュタットには名前だけ直接打電しておいてくれ、ナポリ用にな、よろしく頼むぞ」

「お言葉通りに、閣下……」

外務省の官房には二個の別々の部で構成された暗号局が存在していた。第一部は在外の大使および領事向けの書簡と命令書を処理していた。第二部は三等文官ドルマトフの管轄下に、もう少し微妙な問題を取り扱っていた。ここでは外国人の外交文書から入手可能な暗号電報の写しを調査していた。〈狩り〉は二つのルートで行われた。郵便物の検閲と、ロシア駐在の外国の大使および領事との間で郵便をやり取りする配達員の買収によってである。

他国の手紙を読みながら、外務大臣も内務省職員も上から下まで、ロシアの秘密文書に関心を寄せる外国人が自分たちと同じくらい熱心にロシアの機密文書を読んでいることを自覚していた。機密文書の暗号システム、コード、符号は定期的に変更されたが、外国人たちを混乱させせられるのはいっときだった。一、二週間経つと、コードや符号が読み取られるのである。その上ヨーロッパでは符号を見破るのは難しくなかった。十九世紀の後半、ベルリン、ジュネーヴ、ブリュッセル、そしてアムステルダムでは、スパイ活動の本格的な市場が独自の価格と安定的な需要と供給をもって形成されていたのである。

こうしたことがあったからこそ、特に最近ゴルチャコフはタウベ男爵の助言に従って外務省の多くの職員には知られていない秘密の電報局をいくつか保有していた。そのひとつがこのたびナポリから暗号電報を転送してよこしたのだった。ペテルブルグからほど近いところに家を買う金は省内の裏帳簿から工面した。当然、登記書は実在しない人間の名前で作成された。軍事省の技師が「局」から外務省に直接つながる電線を敷設した。「局」自体に勤務していたのは、退役軍人とかどこにでもいる金利生活者とか海外企業の貿易部長といったきわめて普通の人間だった。

「局」に最新式の電報機が置いてあることを知っていたのは、信頼の置ける、とはいえこれまた外務省本省の一員である女中だけだった。

ときどきこれらの家には本当の電報局から電報が届いた。通常、見たところあくまで悪気のない素直なものだった。実際のところは、こうした電報は外務省のある種の「特別至急電報」であった。加工された電報は直通電線で省へ送られ、原則として即座に上層部の指示が仰がれたのである。

今回もそうであった。今のところ説明のつかない日本国公使のフランスへの方向転換を確認すると、ゴルチャコフは日本人に対する厳格な監視を行うことが何よりもまず必要だという旨、すぐさまパリへ暗号電報を打った。監視対象の名前はオルロフ伯に宛てて別の筋から追って伝えられるはずだった。その名前は確実に暗号化され、クロンシュタットを出てワルシャワからベルリン経由でフランスの首都へと逆方向に長い旅を始めたごく短い別の電報で伝えられた。

オルロフ伯宛ての公式の指令は早くもその日のうちに解読されてヨーロッパ諸政府の机に乗るだろうと信じて疑わず、ゴルチャコフは自分の本当の関心対象に迫る〈道〉が今のところ彼らになければいいがと考えていた。

執務室の主は重たく光る片目だけのまなざしを客人に向けており、客人の方は大いに気詰まりを覚えながら静かに椅子に座って落ち着かぬ様子であったが、地位の高い相手の短いほお髭の辺りに据えた視線を逸らさないようにしていた。ニコライ・アレクセーヴィチ・オルロフ伯は、自身の父と違ってリベラル派で通っていたが、年とともに古傷と恒常的な体の不調を相手に悟られるようになっていた。伯爵は会話の相手が目を逸《そ》らすのが特に嫌いだった。目を逸らされるとオルロフ伯は、ひどく機嫌を損ね、無礼な憶測を言い連ね、終いには相手をただ追い返すことがあった。アレクサンドル・アレクサンドロヴィチ・メリニコフが知事の秘書などではなく、上から五番目の官位の五等文官であることは気にもかけなかったし、思い出しもしなかった。

かつてはオーストリア及び大英帝国の大使を務めた中将オルロフ伯が在仏特命大使に任ぜられたのは、三年前の一八七一年十二月のことだった。メリニコフは大使の経歴をよくよく知っていて、往時の戦場の功績を深く尊敬していた。一八五四年のトルコ戦役で、当時まだ大佐だったオルロフは堡塁突撃を指揮していたが、一夜で九箇所に傷を負い、片目を失った。自身の勇敢さにより皇帝に目をかけられた伯爵は退役してどこかで生きながらえることを望まず、少しの時間を置いただけで皇帝に〈生きた仕事〉を求めた。百戦の将を辱めないため、皇帝はオルロフを外交の舞台へ送ったのである。

しかしここでも中将は折にふれて外交術のイロハを聞くことすら望まず、騎兵としての生き方を好んだので、外務大臣や同僚を失望させた。時が経つにつれ、皇帝の父のようないましめや外務省の同僚の思慮深い助言に耳を傾けるようになった。そして、家族や友人などの近い間柄では依然として外交界のよくある逃げ口上や諍《いさか》いやずる賢さに対する心からの嫌悪を口にしたが、仕事では純粋で純朴な退役将校のイメージも外交任務のために利用するようになった。

しかし大使在任期間中、オルロフがどうしても慣れることができなかったのは、他人の書簡を読み、暗号や符号を解読し、フランス人官僚を秘密裏に監視すること、また万一にも他人を貶めるような材料をより偉大な祖国のために利用することであった。

さてこの時もオルロフは不快感をあらわにして、メリニコフが持ってきた監視作戦の文書が入った紙挟みに指先で触れた。隠密行動の話になると、オルロフの唇の上の濃い口髭の毛すら相手を糾弾するように震えるのだった。

「不愉快だ、メリニコフ殿。実に不愉快だ！　アジア人を監視下に置かれて六日、まだ何の結果も出ないとは！　ありえませんな！　ペテルブルグの大臣に何と報告せよと言われるのです？」

「何を仰います、閣下！」メリニコフはあえて微笑した。「監視の結果望ましくない交流が何一つ明らかにならなかったとして、何の不愉快なことがありましょう？　よいことではありませんか。ペテルブルグにおられる大臣もきっとご満足でしょう」

「『明らかにならなかった』だと！」オルロフは鳥のように少しうなだれると、憎々しげに相手に向かって目を細めて遮った。「その通り、明らかにならなかった！　もしや貴殿のやり方が悪かっただけではないのか？　え？　ペテルブルグにおられる大臣には日本人の何らかの企図を疑う充分な理由がおありになるとは想像もしなかったのか？　言っておくが、大臣は下の者より常に少し先を見据えておられるのだ！　どんな大佐もいかに賢かろうが、戦場における全体の部隊配置を将官のごとく、ましてや元帥のごとく想定することはどだい無理であろう。何か言いたいことがあるか？」

「全く仰る通りです、閣下！　しかし目の前の状況は全く異なるのです！　ロシアへ向かっていた日本の公使がイタリアで突如予想外にも行程を変更し、パリへと方向転換した。近年の我が国のフランスとの一筋縄ではいかない関係を考慮すれば、これは将来の不測の事態を孕んでいます。本国が日本人の予想外の方向転換に安穏としていられず、日本国公使のパリでの時間つぶしを監視するよう強く求めてきたのも無理からぬこと！　だから我々は努力しています。そしてありがたいことに今のところ何も明らかになっていません。二日前日本人は軍服の注文のため、有名な仕立屋に向かいました。もしかすると本当にそのためだけにパリに立ち寄ったのかもしれません！」

「分からん、メリニコフ殿、分からん！　では今日の報告にあった、フランス軍人との会合は何だ？　あの何とか言ったな……」

「ジュール・ブリュネです」メリニコフはそっと教えた。

「ああ、ジュール・ブリュネだ！　まさか公人ではないだろうな、軍事省の代表では？」

「ジュール・ブリュネ大佐に関する速報は我々にとって歓迎すべきものです。少し前、同大佐はフランスの軍事代表団の一員として日本のヨコハマに数年間おりました。そこで大佐の階級で艦上勤務していたのが今回の日本人、エノモト・タケアキです。つまるところ、今回の件は十中八九旧友同士のよくある再会です、閣下！　とはいえつい先ほどパリの知事の副官、閣下もよくご存知のメルシエ氏は近々にブリュネ大佐に関する詳細報告書を提出すると約束してきました」

「分からん、分からんな」オルロフはいらいらと指で机を叩いた。「わしはそこまでフランス人を信用しておらん。なんだか頭の軽い人種だ！　そのメルシエとやらも、ただのすかした上流階級、それだけのことだ！　真面目な話をしていても、フロックコートから埃を吹いて払い落とし、しわを撫で付けるような男だ。失礼ながら言えば、爪も整えよる」

「いたずらにさようなことを申されますな、閣下！　居並ぶ列強の中で秘密警察を持ったのは、恐らくフランスが初めてでしょう。メルシエ氏はそのパリ支部の長で、その物腰でもって仕事では最高の業績を挙げています。かくして日本人の監視体制は組織された――素晴らしい！　私は罪深い人間ですから保険をかけて、フランス人たちと並行して民間の捜査会社ビント・サンベン[1]に日本人監視を対処させせました！」

「ああ、それはよい」オルロフは呟いたが、捜査会社に話が及ぶと、嫌悪感から髭を震わせた。「ロシアの屋根の下で奴らにただ飯を食わせ、『カエル食い』*どもの不貞調査をして金を稼がせる理由はない。いったいそいつらは何者だ?」

「ゲンリフ・ビントもアルベルト・サンベンも、いずれもかつて海外捜査官だった者です、閣下のご記憶にあれば……。つまり経験豊富な人間です。ロシアで少し働き、すでに目覚ましい業績を挙げています。フランスの官憲が日本人どもをぴたりと、言ってみれば水も漏らさぬくらいに尾行しているとビント・サンベンから報告してきています。奴らが宿にいた間に、我々の「海外捜査員」は一度だけこっそりと奴らの部屋に忍び込むこともできました。実際、得るものはあったのです。我々の捜査員はフランス人捜査員より先に、サムライたちが陣取っている部屋の新聞であふれたゴミ箱に着目しました。そしてより詳細に調査分析するため、そのゴミを持ち帰ったのです」

「ゴミくずのごとく価値のない詳細事項は置いておこう、メリニコフ殿!」伯爵の血筋の良さを思わせる鉤鼻の鼻翼が、まるでゴミ箱を嗅いだように震えた。

「失礼しました……。結局、新聞広告に書き込まれた多くの下線と余白に記入された書き込みにより、日本人たちは軍服の仕立てに相応しい仕立屋を探すのに心を奪われていたのだと

1　ロシア内務省警察部の資金でパリに創設され、ロシア国外で内務省の秘密政治捜査組織に属していた実在の捜査機関。ここでは時系列にやや自由度を持たせて書いており、実際にビント・サンベン社が設立されたのはここで言及しているより後になる。
＊フランス人がカエルを食することから。

推定することができました。このことはさらなる監視により完全に裏付けられました。奴らはマスター・ウォルトを見つけるとまもなく宿を出て、家具付きの部屋に移ったのです。金を節約するためか、元いた宿のしつこい女中に余計に煩わされたくなかったためかでしょう。ところでフランスの秘密警察はここでも非常に動きが速い。我々の捜査員からの報告によると、日本人が借りた部屋の女中は即座に秘密警察の捜査員に替わり、日本人の部屋の向かいにある八百屋には、売り子の格好をした海外捜査員が常に座っています。部屋のすぐそばには辻馬車が待っていますが、御者も捜査員に変わりました。日本人たちが部屋を出るやいなや、これら捜査員が動き出すのです……」

「素晴らしいな！」オルロフは嫌悪感を漂わせた渋面を依然として隠そうともせずに怒鳴った。「で、聞かせていただこうか、フランスの秘密警察のお働きは、我が国の国庫にどれだけの負担となるのだ？　知りたくもないわ！　ありがたいことに、わしは今回の件にはいかなる面でも関与していない。そんなことより、メリニコフ殿、貴殿の全責任において言ってもらいたい、わしはペテルブルグに対して、日本国公使には疑わしい交流はありませんでしたと確信をもって報告していいかを！」

「今のところは！　確認済みの公使の訪問先は、軍事省での先ほどのブリュネ氏と、中将の軍服の仕立てを注文したマスター・ウォルトのみです。ほかは全て、エノモトは徒歩と馬でパリを散歩して時間を過ごしております。いかなる公的機関との面会も訪問もありません。公使の取り巻きについて言えば、一人は全く姿を表さず、もう一人は宿の近辺を短時間散歩

している だけです」

「分かった。下がってよい!」

在仏ロシア特命大使オルロフ伯の私邸を辞して、メリニコフは大使館の官房が陣取っているグルネル通りの邸宅の一階へと道を下っていった。重たい掛け布で大仰に覆われた地味な扉が警察の海外捜査部がある隣の部屋と大使館とを繋いでいた。ここはその立地にちなんでパリ捜査部とも呼ばれていた。

五等文官メリニコフは海外捜査員全員を統率していて、公文書では「現地当局およびロシア大使館及び領事館との連絡のための帝国内務省の出先機関」と称されていた。メリニコフの指揮下には、海外で高官や皇族を警護する諜報員も含まれていた。

海外捜査部の主な関心対象はもちろんのこと、ヨーロッパに潜んでいる危険思想を持ったロシアからの移住者、あらゆる武器を持った革命家、さらに当時の内務大臣アレクサンドル・エゴロヴィチ・ティマシェフの言葉を借りれば、その他の「虚無主義者」であった。革命指導者がヨーロッパへ移動したり、後にロシア本国で〈爆発する〉ものが突如醸成されたことが明らかになったりすると、国境を越えて反体制思想を監視する必要が出てきた。

しかし革命分子やテロ分子を含んだ集団の配置変更が判明しても、問題自体の解決にはつながらなかった。国外で反体制思想を監視し、ましてや地下活動組織や革命分子の細胞に潜入することは、本国での捜査よりきわめて難しいと分かった。国境線上で早くも困難となった。ヨーロッパ列強のどこも、外国の秘密公安諜報員が自国で合法的に表だって活動することを歓迎しなかったからである。加えてロシア本国ではきわめて才能のある諜報員の多くは、言語の問題があって国外で勤務することは全くできなかった。

フランスではこの問題は、いわゆる現地人を起用することで解決が模索された。パリの県知事ルイ・アンドレの賛同のうえで、当地のロシア諜報員の長は知事の第一副官のメルシエとなった。メルシエはパリ警察の秘密監視部隊の長であった。むろん革命分子の関係ではメルシエの活動には問題が少なくなかった。だが、パリにやってきた日本人の緻密な監視活動が必要となると、フランスの秘密警察は即座に目覚ましい力を余すところなく発揮したのだった。

ところで今日、メリニコフは県知事との会見を予定しており、この会見で砲兵大佐ブリュネの役割を完全に解明することを期待していた。時計に目をやると、メリニコフは県知事のところへ行く途中でビント・サンベン社に寄ろうと決めた。

＊　＊　＊

ちょうどその頃、セーヌ川の対岸沿いにあるトリボのおやじの小さな宿からパリの小道へと、民間人の着る紺色のフロックコートと裾ひものついた同じような色のズボンを身につけてウィーン風の帽子を被った若い男が出てきた。二、三階建ての陰気な家々が立ち並ぶ狭く曲がった道の両側を見ると、男は自分を見送る主人の方を物問いたげに振り返った。

「やれやれ、こりゃ完全にペテルブルグじゃないか！　この狭苦しさと言ったら！　ちょっと暖かいだけだ……。俺はいったいどっちへ行ったらいいんだ？」

「左ですよ、左、ムッシュウ・ベルグ！　ゆっくり歩いて十分も行かないところに、グランド・オペラの円《まる》屋根が見えますよ。で、その真後ろがグラン・ブールヴァールの一角のキャプシーヌ大通りです！　そこがほんとのパリですよ！　ほんとにご案内しなくていいんですか、ムッシュウ・ベルグ？　道はお分かりですか？」

「自分で何とかしますよ、ムッシュウ・トリボ！」

二本の指で軽く帽子のひさしに触れると、ベルグは舗装状態の悪い道路で多少なりとも埃が少ない真ん中の部分を歩くよう努めながら、言われた方へとゆっくり歩き出した。

考えてみて欲しい――ベルグはパリにいるのだ！　一昨日、同行した自分の大隊の将校一団をジュネーヴ駐留のロシアの部隊の手に引き渡し、温かく別れの挨拶をすると、彼は鉄道駅の切符売り場へ急ぎ、パリ行きの寝台列車の席を確保した。列車は夜パリに到着し、宿にたどり着くとベルグははやる気持ちを抑えてまずしっかりと休むことに決め、最初の〈出撃〉に出ることはしなかった。

ベルグはまだペテルブルグにいる時からよくよく考えて、海外派遣中は近衛大隊の軍服を着ないと決めていた。そうでなくとも近衛兵の教範では本国にいる時しか軍服を着てはならぬと厳しく定められていた。パリで軍服から民間人の服装に着替えると、自由なもののいくぶん居心地の悪さを感じた。なかんずく、ベルグは自分の田舎じみた見かけが本物のパリっ子の嘲笑的関心の対象になるのではないかと恐れ、パリでの初日は洒落た服装を整えるために過ごそうと前もって決めていた。

パリについては、幸運にも当地に来たことのある軍の仲間からよく聞いていた。特にヨーロッパ〈遠征〉の準備に当たり、若い工兵少尉補は何冊かのガイドブックを古いものから新しいものまで探す手間を惜しまなかった。そして同僚の嘲笑を恐れて、密かに幾夜か続けて冊子を細部まで研究した。ジュネーヴで将校団と別れると、パリについての小冊子を隠すのを止め、フランスの首都に着く頃には自分をいっぱしのパリ通だと考えていた。

古いパリの小道をゆっくりと十分も歩くと、前方の家々の向こうにグランド・オペラの灰色の円屋根が見えた。[1] 自然と足を速めると、間もなくパリの街路の偉大な「改変者」オスマン男爵の名前のついた広大な通りに行きついた。ここの建設工事もまだ終わっていなかったが、淡い緑とこの時期の花を咲かせた栗の並木で、大通りは華やいで見えた。数多の店の明るいショーウィンドウと、おびただしい喫茶店の縞《しま》模様の日よけとが、この景色に花を添えていた。ここに来るまでのひっそりしたまるで無人の小道と違って、大通りは人で溢れていた。きっとここに戻ってこようと自分に言い聞かせて、ベルグは先を急いだ。

宿の主人、トリボの親父の事細かな説明から、ベルグは素早く洒落た出で立ちになれるのは数多ある商人や職人の住む屋根つきのギャラリーである商店街のどこかだということに合点がいった。

「本物のパリっ子みたいになれるのは、もちろん有名な仕立屋《クチュール》だけですよ、ムッシュウ」トリボは見てきたように言った。「しかしクチュールでは服を縫うのに数日、いや数週間かかります。もちろん安くありません、うむ……。しかし街のサロンや店では既製服を見つけるのに労力も時間もかかりませんし、一時間かそこらでご自分の体に寸法合わせをしてくれるんです。商店街がいいんです、ほかの店や画廊や豪華な公衆浴場でだって待ち時間を潰すのは簡単なんですから、ムッシュウ。これがパリですよ！」

全てはトリボの親父の言った通りだった。最初に目についたギャラリーの方へ曲ると、きびきびした売子としつこいくらい礼儀正しい主人のいる洒落た紳士服のサロンを見つけるのに訳はなかった。縫い子たちが前から後ろからベルグの体を採寸し、あれこれと既製服の生地見本をベルグに見せている間、サロンの主人は細部に注意を払い、耳元でパリの流行りのわざとらしい言葉遣いでささやきながら、ベルグの目の前でファッション雑誌のページをめくっていた。

「ムッシュウはロシアのお方で？　おー、やっぱり。いいえ、フランス語のご発音で分かったなどと決して！　貴方様のフランス語は非の打ち所がございません。いえね、ただお袖の縫い方でございますよ……。貴方様にこのクリーム色のフロックコート、お勧めいたします

1　グランド・オペラの出現はナポレオン三世の気まぐれによるものである。彼はリョー・ピョリソー通りの旧オペラにおける自分の暗殺未遂後、旧オペラを訪れることを拒み、新しい建築を求めた。グランド・オペラは十五年かかって建てられ、一八七四年の春までには完成の様を呈した。オペラの初演は翌年であり、屋根と丸屋根の上の彫像の金メッキは後に施された。

――パリはもう春、夏もすぐそこでございます。このお色は今の季節にほんと人気なんでございます！　でもロシアは今、まだ寒いんでございましょう？　おー、お洋服の色で分かりますとも、ムッシュウ！　アントゥアンが――これがうちのいい職人でしてね――旦那様のコートをしっかりと寸法合わせしている間、私が貴方様を近所の店にご案内しましょう！　ステッキとシルクハット――この小物がないと魅力半減でございます。それからもちろん、ネクタイピンでございます、ムッシュウ！　ちょっとおつむを右へ向けて下さいまし――赤い縁取りの看板、ご覧頂けますか？　うちのいい仲間の宝石細工師、マスター・フリッケの店でございます。うちの上客様にだけ、あの賢いフリッケの親父は必ず大特価サービスするんでございます！　タイピンでございますよ――それからもちろん貴方様の素敵な時計にチェーンをつけなけりゃいけませんね！」

自分自身に対してここまで細かく注意が払われたことにやや呆然として、ベルグは必死でこうした態度は慣れっこだといった冷淡な表情を浮かべようとした。その場から逃げ出すため、彼は帽子屋も宝石細工師も、それから夏用の流行のハイカラーのシャツを一ダースも買うようにと勧められたマダム・ベールの店も了承した。

完全にパリ風だと主人がお墨付きを与えた新しい服装でベルグがギャラリーを出たのはようやく二時間ほど後のことだった。元の服は手に入れた一ダースのシャツとともに運送屋の手で宿に届けられた。

ベルグが初めて出会ったパリ商人のしつこさは、そうはいってもきわめて丁重なもので、ベルグは最初の驚くばかりの押しの強さから正気に返り、主人の囁きとお世辞の中に有益な情報を多く見出していた。

「マスター・ウォルトのサロンをお探しで？　ムッシュウ。おー、パリでは大変有名なクチュールでございますよ！　ええ、パリの洒落者は皆ウォルトのところで服を誂《あつら》えます。もちろんご婦人の服を作っております。お高いですよ、もちろん。でもそれだけの価値はございます！　フィアンセのお洋服でございますか？　おー、おめでとうございます。おめでとうございます、ムッシュウ！　パリの流行の最先端を貴方様から頂かれて、婚約者様はお幸せでございますよ。でもムッシュウ、まだご結婚にはお若いでしょう。だって軍人さんでいらっしゃいましょう？　将校様で？　ああ、そうでしょうとも！　その御身のこなし、足取り、そして剣かサーベルをお持ちのように左のお手をちょっと半分曲げておられる癖。図星でございますか？　言わせていただきますけど、軍服のためならフランスに来られる必要はございません、ロシアにも素晴らしい職人がいますから。でも平服となると、話は全く別でございますよ、ムッシュウ！　……パリには長いことご滞在で？　たった一週間！　でもがっかりされることはありません。パリが初めてでいらしたら、一週間でもう充分でございます。歩いて散歩されるほかにチュイルリー宮殿のお庭に行かれるのと、それから必ず船でセーヌ川をクルーズされるようお勧めさせていただきます。川岸ではどこでも簡単に船頭を見つけて頂けます。ブローニュの森はいかがですか？　ムッシュウはご結婚されるんでございますからこういうご助言をするのはどうかと思いますけど……。我々男児たるものじゃございませんか？　我々こそ小さな秘密と弱みを持たなきゃいけません。パリには素晴らしい女性と簡単に知り合いになれるサロンがたくさんあるんでございます。もちろん玄人ですよ。あとくされのない関係ですよ、ムッシュウ。ご自分の気まぐれと考えてくださいな。でもムッシュウ、どぎまぎされていらっしゃいますね……もう申しません、申しませんよ。どうぞお気に召すまま。退役軍人クラブへどうぞ、モンマルトルのカルチェラタンへどうぞ」

馬車を呼び止めると、ベルグはグラン・ブールヴァール、つまり精力的なオスマン男爵の産物であるもう一つの地区へ向かうよう命じた。知事だった男爵は同じような価格の家々を建て、街の〈換気〉のために放射線状に道をつけて、中世のパリの建物を容赦なく解体していた。

通りの両側を物珍しげに眺め、木々に咲く花と豊かな花壇の春の香りでいっぱいの空気を吸い込みながら、ベルグは旅行案内書の記載を思い出した。グラン・ブールヴァールにはカール五世の時代には建設が始まっていたかつての防御壁の面影も全くなかった。マドレーヌ広場とカプシーヌ大通りは、今や道行く人々と数え切れないほどの馬車の車輪の音と音楽と笑い声であふれた豪華な「遊歩道」になっていた。

さあ、船と馬車でぶらつくこと、歩いて散歩すること、これは当然だ――ベルグは考えた。将校クラブ？　面白そうだ、平服で行っていいものかだけ確認しておかなければ……。服屋の主人が言っていたサロンは？　もちろん行ってみてもいい、面白そうだから。入場料は三十か五十フラン――上流社会と奴らの余暇ってやつをちょっと拝見する楽しみのためには大損にはなるまい。有名なフランス人娼婦とやらをちょっと見るためくらいなら。将校仲間の一部の連中に喋るネタになる。怪しげな関係にはならない、もちろん——ちょっと見るだけだ。まあちょっと喋って、少々言葉を交わすかもしれないが。いや、喋るだけでは終わらないかもしれない。結局のところ、パリは非公式のヨーロッパの恋の都なのだ！

ベルグは、決まり悪げに咳払いをして、我を忘れたかのように声高に口にした。いやいやもちろん店主が言っていたサロンでは、低俗な新聞が男性遍歴について筆を走らせるような上等の女には会えない。バルッチ、コリ・ペール、テレージ・ラ・パイヴァといったような。[1]こうした恋に生きる女たちは自分の城や屋敷を持っていて、もし彼女たちのサロンに興味を持つなら肝に銘じておかねば。公衆や無名の外国人のための施設ではないし、三十や五十フランでもない！

なんてこった、俺はまともな名刺すら持っていなかった。ベルグは思い出した。注文しなくては——まして店主が言っていたではないか。上流階級のサロンに行くためではない、マスター・ウォルトのところへ行くのに名刺なしでは具合が悪い。そういえば偽名で数十枚名刺をあつらえておいてもいい。いつどこでこうした用心が役に立つか分からないからな！

ベルグはステッキの銀の飾りで辻馬車屋の肩に触れて頼んだ。

「お前さん、どこでもいいからすぐ名刺をあつらえられる工房へ向かわなくちゃならん。そういうところ知ってるか？　そりゃ素晴らしい、やってくれ！」

1　有名なパリの娼婦。それぞれイタリア、イギリス、ロシアの出身。

＊　＊　＊

遠国日本からやってきた一行は徐々に忙《せわ》しないヨーロッパの生活に慣れていった。朝には慣れ親しんだ一杯の飯と一切れの魚と少々の野菜で精をつける代わりに、それぞれ別々に街角にある最寄りの喫茶店へ向かった。クロワッサンを一人二個ずつ食べ切り——確かにきわめて艶があって美味そうだった——大きなカップに入ったクリーム入りのコーヒーをやっとのことで飲み干した。その後榎本と志賀は散歩に出かけた。大概は川岸へ向かい、ベンチに一時間半ほどじっと座ってセーヌなるおかしな名前の川面に眩しく光る太陽を見つめていたが、その間ほとんど話をしなかった。カモメの鳴き声を聞いていた。足利留夫は、道中の榎本との忘れられぬちょっとした諍《いさか》いの後は志賀とさえも関わらないで、出来る限り公使と目が合わないように努め、自分の部屋からほとんど出なかった。

散歩の後、二人はそれぞれの部屋へ別れ、午後には馬車で一時間もかかる中華料理屋に昼食に出かけた。昼食後は大抵別れて自分の仕事に向かった。榎本はある時旧友のジュール・ブリュネを訪《おとな》い、その後有名なフランスの仕立屋、ムッシュウ・ウォルトのサロンを見つけて日本から届いた下絵通りに軍服を注文し、やたらと苛立たしい仮縫いに毎日通った。

ウォルトのサロンに行った後、榎本は馬車を雇って数多あるパリの公園の一つを回り、夕方までに宿へ戻った。その間二人の中尉が何をしていたか、榎本は知らなかった。晩には志賀が女中に湯を沸かすように言い、自分で日本の茶の湯をして、仰々しく榎本を客間へ招待した。

日本の外交団が宿から借間に移った際、志賀浦太郎は、ちゃぶ台が必要なのだとうすのろな召使いに何度も言って聞かせた。召使いは近くの家具屋にはそのような物は見つからないと断言し、通常の西洋式の机を買って脚を縮めることになった。召使いがきちんとそろえて脚を切らなかったため、茶がこぼれないよう机の下にいつも何か置かなくてはならなかった。

パリでの五日目の日はいつも通り始まった。喫茶店に行った直後、借りている家具付きの部屋の玄関のところで、志賀浦太郎はお辞儀をしながら榎本の前に開けた扉を伝統的なやり方で抑えていた。

「閣下はヨーロッパは初めてではございませんから、我らにはどれも同じに見える野蛮人の顔の見分けがおつきになるのでしょうね？」

「何が言いたいのだ、中尉」

「榎本さん、ゆっくりとこちらをお向き下さい。そして周りに分からぬように、向かいの店の戸口にいる者をご覧下さい」

榎本は少し手間どってから志賀の方に向き直り、向かいの八百屋へ視線を滑らせた。いつものように売子が店に出してきた野菜や果物を台や引き出しに並べたり詰め直したりし、傷みやすい商品に水差しから水をやっているところだった。

志賀は杖を上げ、その先で下宿の屋根の棟木《むなぎ》を指しながら早口で言った。

「今度は何気ない風で後ろを見て下さい、閣下。たった今我々がやって来た道です。茶色い服を着て、手に新聞を持った男がご覧になれますか？」

榎本は怒りだした。

「平民を眺める以外にも余には懸念がたくさんあるのだ、中尉。むろん見える。それがどうした？」

志賀は相変わらず向かいの家の屋根を見る風をしながら請うた。

「其奴《そやつ》をさようにじっとご覧にならないで下さい、閣下、お願い致します。あの者は我々がいたのと同じ喫茶店で近くに座り、一生懸命新聞を読んでいた者です。上衣が——自分はあれのヨーロッパ式の呼び名がどうしても覚えられませんが——茶色ではなく灰色でした。奴は我らの後をついて喫茶店を出て街区へ入り、その後一瞬横丁へ姿を消したと思えば、そこから茶色の服を着て出てきたのです」

「フロックコートだ」榎本は思わず口を挟んだ。

「ああ、フロックコートです、恐れ入ります。閣下、正に同じ男が昨日は我らの下宿の向かいの店で売子のふりをしており、喫茶店では、今野菜を並べている男が我々の後から入ってきました。確実です。閣下、あれは斥候です！　我々がパリに着いたその日から我らをつけているのです」

「疑いすぎではないのか、中尉。『忍者ごっこ』でもする気になったか？　よしんばお前の言う通りだったとしてもだ、我が国でも外国人をいつも監視していることを思い出してみよ。

ある者は好奇心から、ある者は政治的な意図を持ってだ。違うか？」

「仰る通りです、閣下！」志賀は頭を下げた。「さりながら、我々を監視しているのは好奇心を持ったやくざ者ではありません。絶対にそうです、閣下。それから馬車です！　我らがどこかへ出かけようとするときまって同じ馬車が下宿へ来るのです！　御者の右手の指には非常に目立つ指輪がはまっております、閣下！」

「言い争っている場合ではない。路上の密偵については、確かに貴殿が正しいかもしれぬ。だが馬車についてはいかがなものかな。なるほど其奴《そやつ》は同じ人間かもしれぬ。しかしただ御者がいつも同じ場所で客待ちをしているだけということもありはしまいか？　中へ入るぞ、中尉！」

茶色のフロックコートを着た男は日本人たちを眼で追ってゆっくりと八百屋へ近づき、温室育ちのほうれん草の束を何気なく手に持って奥へ消えた。売子はやや遅れてその後に続いて店に入った。

「異常ないか？」売子は小声で聞いた。「何か変わったことは？」

茶色のフロックコートは頷いた。

「ああ、コーヒーとクロワッサン二つ、それから川岸に行ってここへ戻った。まさに今日、奴ら尾行に気付いたようだ。若い方がいつになくやたらと周りを見て、ひょっこり足を止めた。そして今だ、気付いたか、ジャン？　そいつがもう一人を掴まえて、屋根の上の何かを示していた――が、もう一人のアジア人がそのとき見ていたのは俺かお前だ！」

「店には新しい人間が必要だと報告書に特記しておかないとな」売子は頷いた。「それから交代要員は出入口付近をできるだけうろつかんことだ。あいつらが窓から見て顔を覚えてしまわんようにな。じゃあ俺はボスのところへ報告に行ってくる。もしいつもの行動通りだったら、あいつら一時間半か二時間後までは昼飯に出てこないはずだ」

＊　＊　＊

ベルグにとってパリの初日はこれ以上ないほど快適なものだった。都会風に整えた平服に身を包み、若い将校は意外に早く印刷工房を見つけた。工房では植字工であり主人である汚らしい男が、ベルグの名前で実際の階級も記した名刺を一時間で二ダース仕上げてくれた。どぎまぎしながらも赤くならないように努めつつ、ベルグは自分の仲間のためにという口実をつけてもう一ダース別の名前で注文した。職人は本物のフランス人らしく、注文を受けても眉ひとつ動かさなかった。ただ二つ目の名刺に一つ目の二ダースの倍額を取ることを忘れなかった。

ベルグは名刺ができ上がるのを待ちながら近くの小さなレストランで急ぎ昼食を済ませ、新たに馬車を雇ってマスター・ウォルトのサロンへやってくれと命じた。

サロンは到着前からベルグを委縮させた。三階建ての一軒家の近くでベルグの馬車はきびきびしたドアマンの助手に迎えられた。即座に「一一八」の番号が刻印された重たい金属板を渡され、この金属板は何のためのものだろうかと思案している間に、助手はもう馬車の踏み台に飛び上がり、角を曲がったところにある辻馬車の溜まり場に向かうよう御者に命じた。色とりどりのモールで豊かに飾られた礼服を着たドアマンが来客のために重たい扉を開け、威厳たっぷりに頭を下げた。

屋敷の一階のロビーはおびただしい数の椅子と二人掛けのソファーと長椅子を並べた巨大な応接室になっており、六人くらいの賓客が座ったりゆったり歩き回ったりしていた。ベルグの足はもう少しで東洋風の巨大なじゅうたんに沈みそうになった。応接室の壁は薄い灰色の絹張りで、数々の絵がかかっていた。じゅうたんが途切れるところで白い大理石の広い階段が上へ向かって伸び、最初の踊り場でふた方向に分かれていた。

ベルグの方へすぐに店員が急いでやって来た。お辞儀をすると、店員はベルグに後についてくるように言った。一つ目の踊り場で店員は右へ向き、ベルグはそこで初めて「ご婦人様用」と書かれた金メッキの表示が左側の階段に飾られていることに気付いた。上階に上がると、そこはまた別のやや小さな応接室だった。ここにも数々の絵や立像や椅子や二人掛けのソファーがあり、鏡もあった。いくつもの窓の間はすべて鏡になっていた。この鏡の群れがベルグにいたずらをした――いかにも下の階の応接室と同じようにここにも多くの人がいるような気にさせたのである。しかしこの部屋の来客はたった一人だった。その客がベルグの方へ戻ってきたとき、ベルグはその顔に明らかにアジア系の要素があることに気づいて少し驚いた。節度をもったお辞儀をして、アジア人はソファーや二人掛けの椅子に沿って悠然とそぞろ歩きを続けていた。

店員は新しい客の方へ育ちのよさそうな顔を向け、訝しげに眉を上げた。ベルグはふと気付いて店員に自分の新しい名刺を手渡し、ウォルトに会いたい旨を伝えた。すると即座にかたく拒否された。「マスターが直接お会いになりますのは事前にお約束のあった時のみです。ムッシュウはそうしたお約束がおありではございませんか？　であればマスターの助手と見習いがすぐにお相手させていただきます」

ベルグはハンカチで額を拭いて、自分をこんな企てに引きずり込んだ婚約者ナステンカのことを思わず行儀の悪い言葉で思い出した。そもそもここは俺が来るところか？　左の階段で女性のコーナーへ行くべきだったか？

若い将校の頭には、自分の有り金についての嬉しくない考えもちらついた。こういうサロンでは、すべてのものが豊かさと度を越した絢爛《けんらん》さで迫ってきている。ならば服の仕立て代だって相当なはずだぞ……。

部屋の奥の二枚の扉が開いて、ベルグの思考は中断された。ベルグに近い方の扉からライオンのたてがみのような髪をした男が、腰に細い深紅のベルトを結んだ雪のように白い幅広の上着を着て、小ロシア人のようなズボンをはき、首にメジャーをかけて現れた。もうひとつの扉からは格子縞の上下を着た初老の男が出てきて、うやうやしくアジア人の客を招いた。

ベルグは急いでマスター・ウォルトの助手に来意を告げた。そして話し終わらないうちにポケットから婚約者の仕立てのサイズを記した一枚の紙を引っ張り出した。ウォルトの助手は注意深く紙を見て一歩前へ出ると、紙を見たまま紐を引いて呼び鈴を鳴らした。すぐに姿を現した召使いは、ムッシュウ・シャリアを呼んでくるよう命ぜられた。

「これは驚いた！」助手はまだ紙を見つめながらつぶやいた。「驚きましたな、旦那様！　旦那様のフィアンセのおサイズは、マスターお気に入りのマネキン嬢、クローお嬢様とまったく同じでございます。旦那様はフィアンセのお洋服のためにわざわざロシアからおいでになったということですか？　おお、是非マスターにそう申し伝えねばなりません。将校様、どうぞおかけになって！　おかけになって数分お待ちくださいませ……。ところで、ムッシュウご自身には私どもから何をお勧めいたしましょうか？」

ベルグはたじろいだ。自分に！　どうか持ち金がナステンカの服に足りますように！

「私に……それはまず考えねばなりません」ベルグは絞り出すように言った。

見透かすように客を見やって、助手は紙を手に持ったまま、近くの扉の向こうへ消えていき、ベルグは一人残された。しかし長い時間ではなかった。ほどなくして向こう側の扉がまた開き、さっきのアジア人が見慣れない軍服を着て戸口に姿を現したのである。後をついて出てきた助手が手招きをして言った。

「ムッシュウ・エノモト、お願いいたします。どうぞこちらのお部屋をお歩きください。弊社で申しますところの着慣らしをして頂きたいので」

アジア人は横目でベルグを見て戸惑ったものの、最も近い鏡まで歩いて立ち止まり、何度かひじを曲げたり伸ばしたりし、店員の方へ戻ると会釈をした。

「気に入った、ムッシュウ！」やや小声のフランス語で彼は言った。「完成と思われるなら、余はいつなりと軍服を持ち帰ろう」

「もちろんでございます。それではもう一度試着室へお願いいたします」マスター・ウォルトの助手は重々しくうなずいた。

ベルグは再び取り残されたが、今回も長い時間ではなかった。現れた店員が、マスターが旦那様に敬意を表して新しいコレクションの中からおひとつフィアンセにプレゼントしたいとおっしゃっておられますと言ったのである。ベルグは拒もうとしたが、ウォルトの助手は頑としてかぶりを振った。

「パリでマスター・ウォルトに逆らうものではありません、ムッシュウ！　プレゼントであろうと何だろうと！　強情はおやめなさい、ムッシュウ！　しかもマスターは感謝のしるしに、ムッシュウがご自身のために流行のお洋服をご注文していただければ嬉しいとおっしゃっておられるのですよ。マスター・ウォルトの服を着た魅力的なフィアンセの隣であれば、立派な新郎が、失礼ながら大したことのない晴れ着を着て立たれるべきではございません……」

反論の余地なし！　ベルグがおどけて降参のしるしに両手を上げると、即座に採寸のために試着室へ〈連行〉された。

寸法を取るのにそう時間はかからず、終わるとベルグは待合室で待っているように言われた。婚約者のドレスがしかるべく包装されねばならなかったからである。

待合室でベルグが再び一緒になったのは、包装された軍服が運ばれてくるのを待っているさっきのアジア人だった。

しばらくの間二人は黙って互いにちらちらと視線を交わしていた。この尋常でない状況に双方がいくばくかの気まずさを感じていた。とうとうベルグは決心した。アジア人の方へ歩み寄ると軍隊式に踵を鳴らし、軽く頭を下げて名刺を差し出して言った。

「貴殿は自分同様軍人とお見受けする。自己紹介させて頂こう、サンクト・ペテルブルグ近衛工兵大隊少尉補、ミハイル・ベルグだ」そして念のため付け加えた。「ペテルブルグ、つまりロシアの首都だ」

アジア人はベルグの名刺を両手で受け取り、堂々とした態度で頭を下げて微かに手を動かし、今度は自分が象牙色の分厚い紙の名刺を差し出した。

「お会いできて嬉しく思う、近衛工兵少尉補殿！　自己紹介する光栄に預かろう、日本帝国海軍中将、榎本武揚だ」

知り合ったばかりの相手の、ロシアの階級表では三等官に相当する高い階級を聞いて（しかるべき敬意を払わずに呼びかけてしまった！）ベルグは不動の姿勢になった。

「ご無礼をお許しください、閣下！　日本国の軍隊の中将の軍服のしるしを存じませんで、つい親しくお声をおかけ致しました……」

「やめてくれ、少尉補殿！」日本人は破顔一笑した。「恥ずかしがらずともよい、自分自身いくぶん心地悪いのだ。この階級を拝命したのはつい最近のことでな……」

ぎこちない沈黙が二人の間に落ちた。沈黙が長引きそうになって、ベルグが口を開いた。

「閣下のフランス語は完璧であります。お尋ね致します、パリには長くお住まいでありますか?」

「二週間目だ、少尉補殿」日本人はまた笑った。「しかし白状しておこう、かつてヨーロッパにかれこれ六年いたことがある。その間、フランス語、フラマン語、ドイツ語を習得した。残念だが貴国の言葉は未だ分からぬ。実際パリもロシア行きの途上の短期滞在なのだ」

「さようでありましたか!」ベルグは驚いた。「それは嬉しいお話であります、閣下! 閣下はもしや、軍務の一環でロシアへ赴かれるのでありますか?」

「そうではない」なぜか日本人はため息をついた。「日本国天皇陛下により、この身は駐露特命全権公使を拝命する光栄に浴したのだ」

「なんと!」ベルグには声を絞り出すことしかできなかった。「改めまして、失礼お許しください、閣下!」

「直立不動はやめてくれ、少尉補殿! 余は未だ貴国のアレクサンドル二世陛下に信任状をお渡ししておらぬ。お渡しして初めて余は公使の地位を得、引き続きロシアに留まるのだ。そうなった暁には我らの友情を続けていけよう。軍人にとっては随分とおかしな、パリの有名な仕立屋という場で始まった友情をな!」

両人は親しげに笑った。これには包装した新調品を入れた大仰な箱を別々の扉から同時に運んできた店員たちが驚いた。

街路で二人は儀礼的な別離の会釈を交わした。

「お会いできて幸いだ、ベルグ少尉補！　貴国のアレクサンドル二世陛下は近頃英国訪問を終えられたとフランスの新聞で読んだ。軍服が完成したので、余は近々に貴国へ向かう。ペテルブルグで会えれば嬉しく思う、少尉補殿！」そして日本人はもう一度頭を下げて言った。

「事実、余はペテルブルグでどこに住み、どこで任務遂行することになるのかまだ知らぬのだ。それでも機会があればすぐ余を訪ねてきて欲しい」

「お近づきになれましたこと、自分にとって大いなる光栄であります、中将殿！　しかし公使たる閣下のお立場、ロシアで予定されております重要任務の数々、自分にそのような機会が許されるのか危惧いたします」

「そうであっても余計な儀礼は無用だ、ベルグ少尉補！」

一八七四年初頭の冬と春はロマノフ王家にとって厄介できわめて多難の時であった。特にこの年、王朝には結婚式が目白押しであった。

結婚が天にも昇る心地でなされるとしても、王家の婚姻関係には全くあてはまらない。全てを規定していたのは政治で、中には先を見越した計算ずくのものもあった。結ばれるのは人でなく、姻戚関係になるのは小国と大国であった。ヨーロッパにおける一八七四年のロマノフ王朝の結婚で先陣を切ったのは、ちょうどその三年前に国王ヴィルヘルム一世治下のプロイセンを中心に統一をはたしたドイツだった。世界最大の軍事力を誇った統一ドイツはヨーロッパ全土、特にロシアとイギリスを震撼させた。ドイツに粉砕され、挙句の果てに春のパリ・コンミューンの爆破事件を経験したフランスは、「憂鬱」という言葉が社会の気運を反映するに最も控えめな表現だった。

ドイツに対しては至急何らかの形で対抗しなければならなかった！　アレクサンドル二世がドイツに対する抵抗を最優先としたのは、充分に軍事力を保有したドイツがロシアの反トルコ政策とロシア支配下のブルガリアに対する温情を不服としていたからだった。独露の対抗関係がロシアとイギリスの関係改善の元となりえたし、ならざるをえなかった。

イギリスとの関係改善の必要性を理解しながらも、アレクサンドル二世は「覆水を盆に返す」ことがきわめて難しいことをよく認識していた。大きな障害となったのは、イギリスの政治家と何と言ってもビクトリア女王自身の強い反露感情だった。十九歳の麗しのイギリス女性はかつてロシアの皇位継承者をくびったけにさせ、自身も彼を「霧のアルビオン」の王子としたいと夢見た。

今や美女はぶくぶく太った口やかましい三重顎の未亡人になりさがった。彼女は誰に対してもめったに笑顔を見せず、「ルーシ」とか「ロシア」という言葉を聞くと、たちまち顔を石のようにこわばらせるのだった。

プロテスタントたるビクトリア女王が「ビザンチンの遺物」にして専制ぶりを正当化する宗教だと断じていたロシア正教に対する女王の病的な嫌悪を捨象したとしても、英露関係には二つのトゲがあった。一つ目の政治上のトゲは、イギリスの「王冠の大真珠」たるインドに次第次第に忍び寄るカウフマン大将の負け知らずの遠征だった。二つ目のトゲは、アレクサンドル二世とエカテリーナ・ドルゴルカヤとの扇動的かつあけっぴろげな関係だった。

一つ目のイギリスの不満と懸念の要因に関しては、アレクサンドル二世は皮肉めいた笑みを浮かべた。ロシアの専制君主は、ロシアの南進に関する疑惑がばかげた話であると知っていたのである。だが、彼の個人的生活のスキャンダラスな事実を書いたイギリス各紙の辛辣な論説と明らかな当てこすりは、アレクサンドル二世をこの上なく怒らせた。ゴルチャコフ公爵から、「ロマノフ王朝の庇護の下でのロシアの姦通」に関する記事に下線を引いたイギリス各紙の束を受け取ると、皇帝は怒りに任せて新聞を床に投げつけ、他人の目のごみくずと自分の眼の丸太に関するクルィロフの寓話*について宰相にいらいらと話をすることも一度や二度ではなかった。

「この年寄りの馬鹿女は何の権利があって、破廉恥な関係と淫蕩のかどで朕を非難するのだ。自分は作家のディズレーリや、あろうことか下層の召使いのブラウンやらと王宮で寝床をともにしているくせに！　あいつらをベッドへ引きずり込む前に、夜には自分の宗教的純潔をカツラとスカートと一緒に棚にしまっているのと何が変わらんのだ！」

一八七二年に下の息子アルフレッドの名において彼にマリア大公女を頂きたいと書いたビクトリア女王の手紙を受け取って、アレクサンドル二世が仕返しできると喜び勇んだのも無理はなかった。アレクサンドル二世の命により、公女はすぐに王子に丁重な拒絶の返信を——公平のために言っておくと落胆の涙で濡らしながら——書いた。イギリス王室にとっては屈辱的な「ロシアの蛮人」の拒絶が、ビクトリア女王を本物の狂乱に走らせたのは言わずもがなであった。

一方で、アレクサンドル二世の唯一最愛の娘、大公女マリアは二年前ゲッセン・ライン公国の首都ダルムシュタットで将来の婚約者と出会っていた。君主たる婚約者は、エディンバラ公爵にしてウィスター・ケント伯爵、アルフレッド・アーンスト・アルバート・フォン・サクセンカブルク・ゴータという名であった。

「イギリスの年増バカ」の天狗になった鼻先に小気味よい一発を食らわせたものの、アレクサンドル二世はすぐさま自分の浅はかさを悔いることになった。まず、彼は恐らくほかのいかなる子供たちよりも唯一の娘マリアを愛しており、マリアのアルフレッドに対する恋心が自分の政局で打ち砕かれるのは見るに忍びなかった。皇帝にとっては、年若い娘が自分とドルゴルカヤとの関係を家族のほかの者のように非難しないことも大いにありがたかった。マリアは心底父が好きで、父はいかなる批判をも超越した人間だと考えていたのである。

さてイギリスとの関係はむろん改善せねばならなかった。しかしもはやどうやって改善せよというのか？

事態を救ったのは、皇妃マリア・アレクサンドロヴナだった。皇妃はあなたの娘にはイギリス人の結婚相手が必要だろうと言って――念のために言えば夫は説得されるのを待っていた――夫を説得した。アルフレッドは妙齢のマリアが心から好きになった唯一の王子だった。皇妃は、ビューテンベルク公爵も他の王子たちも絶対にあなたのたった一人の娘の心を奪うことはできないと言い張った。愛情あふれる父は降参するしかなかった。一八七三年の六月、イギリス王室は、ロシア皇妃マリア・アレクサンドロヴナその人から、王子アルフレッドとその母をユーゲンハイムへ招待する電報を受け取った。大公女マリアが訪れるつもりだった場所である。読者はご賢察のことと思うが、婚約者の母親とはイングランド及びアイルランド女王にしてインド王妃の、ビクトリア・アレクサンドリナ・フォン・ハノーヴァーである。

さて「年増バカ」が強情を張るときがやってきた。息子の婚約者を〈検閲〉するのにヨー

＊新約聖書マタイによる福音書九章三節「兄弟の目のチリに気付くのに、自分の目にある梁を認めないか」をモチーフとしたクルィロフの寓話「鏡と猿」を指す。

ロッパの大陸部でなくロンドンを指定し、アレクサンドル二世をそこへ招待すると言ってよこした。ロシア皇帝にとって、そんな旅行はスラブの誇りにかけて承諾できなかった。両君主と子供たちは両首都の中間ケルンで会うのはどうかという皇妃マリア・アレクサンドロヴナの妥協提案をもってしても、事態は動かなかった。ビクトリアはどうしても賛同せず、ペテルブルグには幾分か消沈した気運が漂った。まさか婚礼準備のすべてが八方塞がりになろうというのだろうか。

エディンバラ王子アルフレッドその人の根気と良識がなければ、本当にそうなっていたかもしれなかった。

ヨーロッパに再びスキャンダルの匂いが立ちこめていたこのころ、アルフレッドは自分の兄ウィリアム公爵とともに、イギリス王室からもう一人コナウグツキー公爵を伴い、自分の婚礼のためビクトリア女王の意思に反してサンクト・ペテルブルグを訪れた。

「年増バカ」はロマノフ家に対して〈小さく舌を出す〉のがせいぜいだった。自分の召使いたちにインドのサファイヤやエメラルドを惜しみなく与えていたにもかかわらず、ロシア大公女に結婚祝いとして銀梅花《ミルトス》の小枝と絵入りの祈祷書――たったそれだけを贈ったのである。この馬鹿げた仕打ちを軽蔑的に笑い飛ばし、アレクサンドル二世が冬宮で執り行ったのは、華麗さの点での最も大胆な予想を上回り、ヨーロッパ諸王室のほぼ全ての顔ぶれをサンクト・ペテルブルグへ集めた結婚式だった。

王宮への道のみならず首都の駅にも絨毯が敷かれた。式典のためにやってきた外交官と海外の国賓の礼服と混じって、金色の縫い取りをした下僕の服がペテルブルグの街道に立ち並んだ。

尋常でなく荘厳だったのは、冬宮の教会堂での正教式の戴冠式だった。戴冠式に続いてアレクサンドルの間で開かれた英国国教会式の結婚式は、客人たちの目には持たざる者の祝宴と映った。イギリスの客人たちはこの〈北の暴君の悪だくみ〉を甘受する間もなく「あり合わせのものをつまむ」ように言われ、こんなことになった……。

冬宮の祝宴場にしつらえられた食卓には七百を超える来賓が座り、宴の間じゅうイタリアオペラのプリマたちが歌っていた。さらに多く、四倍以上の招待状が祝宴に続く舞踏会の出席者たちに配られていた。

むろん、結婚の祝宴があってもアレクサンドル二世はペテルブルグに招かれた各国政府団の代表者や王家の人間との公式非公式を問わない多くの会談を免れたわけではなかった。会談はかなり立て込み、一月の末ごろまで続くことになった。

ロシア帝国外務省、とくに宰相たるゴルチャコフ最高公爵は働きづめで、常に油断ならず目を光らせた時期であった。

ビスマルクが挑戦的にもこの結婚式に欠席したことが、プロイセンが英露二国間の接近を快く思っていない証拠と解釈されたのは正しかった。統一ドイツ側の懸念は相当で、オーストリア皇帝フランツ・ヨーゼフに即刻サンクト・ペテルブルグ訪問を求めたほどだった。ペテルブルグのワルシャワ駅のプラットホームから伸びた絨毯は、オーストリア・ハンガリー帝国の一団が到着する前に辛うじて清掃が間に合った。

ロシア帝国外務省は一団を出迎え、見送って、アレクサンドル二世のシュトゥットガルトへの答礼訪問の準備開始まで少しの間ひと息つくことができた。皇帝自身はというと休む暇はなかった。過ぎ行く冬と早春の数カ月、ロシアで象徴的だったのは革命的気運の若者たちによる前代未聞の「人民の中へ」の運動であった。皇帝官房第三部長にして憲兵隊長は、インテリゲンツィアの不満が冗談ならないところまで高まっていることの危険を証拠立てる数プード〔一プードは約十六キログラム〕の文書を毎日冬宮へ運んだ。国境のすぐ外では来るべき大いなる政争とスキャンダルの影がちらついていた。すべて当然起こりうる話だったが、今は別のことを考えねばならなかった。

こうして五月初頭にはもう、皇帝用ヨット皇帝旗号《シュタンダルト》の艦長は、錨を上げてハンブルクへ向かえとの命令を受領した。ハンブルクではシュトゥットガルト訪問を終えたアレクサンドル二世が共の者を連れて乗船されるはずとのことであった。皇帝自身は一日遅れてお召し列車でシュトゥットガルトへ向かい、ビューテンブルク王国で自身の姪であるヴェーラ・コンスタンチノヴナ大公女とヴィルヘルム公爵とのもう一件の婚礼に出席することになっていた。このロマノフ家にとっての二つ目の結婚式の後、皇帝は二カ月前に配偶者の手で霧のアルビオンに略奪されエディンバラ公爵夫人となった自分の娘を訪ねる計画だった。そのために必要だったのがシュタンダルト号であった。

ロシア皇帝にはもう一つ、娘に会うのと同じくらい重要な目的があった。彼は前述のとおりイギリスの伝統的な反露気運を雲散させるべく一連の試みを行おうとしていた。イギリスの軽蔑的な不信感を――たとえ心からの同調でなくとも――せめてバルカン地域におけるロシアの政策に対する理解と寛容に変えさせてイギリス王宮に影響を与えようというのであった。

哲学者的な気質を備えていたアレクサンドル二世は、イギリス人のロシア嫌いの本質について熟考してみたが、生起した理由は全く不明であった。自国民には全く反英気運がないことが、皇帝に二つ目の不信の波を引き起こした。むしろ逆であった。ロシア社会の教養ある層の圧倒的大多数はきわめて好意的にイギリス人と接し、イギリス人の生来の内面の落ち着きと、非常に豊かな内面性に好感を持っていた。

アレクサンドル二世は、ロシアとイギリスの性質の間に存在する越えがたい溝を苦々しく自覚していた。衝動的で感情的、そして感傷的なロシア人が、自分の感情を超越し、恐怖を押し隠し、あらゆる経済的利益を追求できる真面目で意志の強いイギリス人には決してなれないことをよく分かっていた。こうしたこと全てをもって、露英間のかくも本質的な差異は絶対に取り除けないのだと結論せざるを得なかった。

だがもし取り除けないのだとしても、せめて現存する溝を現状維持する力が皇帝にはないのだろうか？

アレクサンドル二世にはもう一つ、この全ヨーロッパ〈電撃戦〉の動機があった。皇帝の海外視察に片時も離れず随行し、皇帝が隠し事などないと言っている宰相ゴルチャコフすらも事が起こるまで疑わなかった目的であった。

アレクサンドル二世の訪英の儀典案は事前に公式ルートで英国王室に伝えられたが、ゴルチャコフの元へやや予想外の形で戻ってきた。それはビクトリア女王の直接かつ緊急の命令で本国を急ぎ出発した王室用のヨット　黒鷲《ブラック・イーグル》　号によりハンブルクへ送付された。ブラック・イーグル号艦長のペイン提督は、海峡へ出るとすぐヨットの蒸気機関のボイラーの圧力を極限まで上げるよう命じた。ヨットの舳先では白波が泡立ち、護衛のイギリスの水雷艇が二隻、煙突から煙を上げて王室の使者に辛うじてついていった。

ロシア帝国外務省の提案を全て承認しまとめ上げたビクトリア女王は、ロシア皇帝に敬意を表して儀典に閲兵式を加えさえした。アレクサンドル二世自身、受け入れざるをえなかった。しかしアレクサンドル二世にとって最大の驚きは、ロシア皇帝がイギリスの領土に下り立つのは、必ず英国のヨットからでなくてはならないというイギリス王室の要望だった。[1] イギリスの「黒鷲」からである！

ゴルチャコフがこの状況に相応しい国際的な先例を思い起こしつつイギリスからの書簡に眉をひそめていた間、皇帝の方はビクトリア女王が承認した訪英の儀典案に目を走らせて肩をすくめた。

「だからどうした？　これはこれで面白かろう。承認する。朕の『皇帝旗《シュタンダルト》』が隣を航行するのであればな！」

アレクサンドル二世の訪英は成功裡に終わった。ロシア皇帝のイギリス滞在はイギリス人に好意的な印象をもたらした。すでにクリミア戦争の頃からイギリスの新聞記者たちの手で軽々しくもロシア皇帝にぴたりと貼られていた、自国民のみならずヨーロッパの文化をも圧迫する「アジアの専制君主」のレッテルは、中産階級からかなりの疑いを持って見られた。[2]「ロシア人がそこまで野蛮で無教養で無礼で陰険であったならば、奴らが民主主義世界の側からの信頼にこれっぽっちも値しないのならば、女王様はなぜご自身の王子様がロシア皇帝の娘と結婚することを認めたのだろうか？」というわけである。

ロシア皇帝が幌を開けた四輪馬車で港から宮殿へ行幸した際、ロンドンの通りは群集で埋め尽くされた。イギリスの群集は数々のパレードが出発する時もロシア皇帝について回った。ビクトリア女王はウィンザー城の入り口で直接ロシア皇帝を出迎え、皇帝の旅程に全て付き添った。アレクサンドル二世はロンドン市長の招きで市内の有名な水晶宮を訪れ、そこで自身のために演奏された満場に響き渡る有名なイギリスのカンタータ「ホーム・スイートホーム」に耳を傾けた。

五月十九日のロシア皇帝表敬閲兵式を、アレクサンドル二世は数多の群集の歓喜に囲まれて馬上で観閲した。翌日、シュタンダルト号はアレクサンドル二世をロシアへ送り届ける手筈になっていた。

十九日の夜遅く娘に別れを告げながら、皇帝は突如、ロンドンの通りで武装警察をほとん

1　この情報は、公文書館と外交文書には見つからない。
2　イギリスの新聞はアレクサンドル二世の命令で鎮圧されたポーランドのカトリックの反乱を念頭に置いていた。

ど見なかったことに思い至った。またロンドンの警察は警棒のみを携え、ロシア皇帝を近くで見たいと望む幾千の人民がうまく押し掛けるのを容易に食い止めていた。警務局保安部の在外活動の報告により、アレクサンドル二世は、ロンドンには自分の敵が少なくなく、その中には自分に温かい感情など全く持っていないポーランド移民も含まれていることを知っていた。知って内心覚悟していたのであったが、今や訪英中ずっと一切暗殺未遂がなかったと確信したのである。

　エディンバラ公爵夫人となっていたアレクサンドル二世の娘は、この件に関する父の驚きの言葉を聞いてため息をついた。

「ねえパパ、私が知る限りイギリス人は自分の王室を愛しすぎているのよ、国賓に意地悪をして、王室を悲しませたり辱めたりできないくらいにね」

　今度はアレクサンドル二世がため息をつく番だった。

「だから考えるのだよ。我が国民が君主を好んでいないのは、四角四面のイギリスに比ぶべくもない……。そう、ロシア臣民は統べるに難くないが、統治しても全く無駄なのだ！」[1]

　訪英は終わった。皇帝はさしたる関心をひかず、英国国立銀行に並々ならぬ額の口座を開くことすらできた。これが今般の訪問の秘められたもう一つの目的でもあった。国内が自由主義改革の方向性をしばしば〈締め上げ〉政策へ転換せざるをえないような緊迫した政治状況になった時に自身の身を守る意味があった。加えて、皇帝は本国へ戻り次第自分にとってきわめて難しい文書に署名しようと考えていた。ドルゴルカヤ公爵夫人との間に生まれた子らを公式に認知し、ユリエフスキー最高公爵の位を与えるという勅令である。アレクサンドル二世は充分自覚していた。自分に何かあったら、愛人とその子らは路頭に迷うのだ。そんなことはあってはならなかった！

翌日に控えた出港に関する最後の勅令を発し、娘に心から別れを告げて、アレクサンドル二世は宿泊場所の執務室に戻った。そこでは、ここ数か月で極限まで疲れきったゴルチャコフが椅子で平和にまどろんでいた。皇帝の足音を聞くや宰相は身震いし、年寄りらしくない青みがかった灰色のくっきりした目を見開いて、立ち上がろうとした。アレクサンドル二世はゴルチャコフの肩を押しとどめ、向かいに座って柔らかくほほ笑んだ。

「分かる分かる、お主《ぬし》も大分疲れたな、宰相。朕も確かに疲れた。少し待ってくれ！　そうしたら国へ帰って、我らのリヴァディヤ*へ転がりこもう」

「陛下、休む暇はありません！」不満げに礼服のごわごわした高い襟の中で首を震わせながら、ゴルチャコフは即座に異議を申し立てた。「来月の半ばまでは陛下はリヴァディヤを見合わせられるほうがよいかと……」

「どういうことだ？」皇帝は驚いて瞬きをした。「なぜ見合わせねばならぬ、外相？　お主《ぬし》は休みなく額に汗して全ロシアの外交を統括している間、不断に励む立場にあろう。朕は朕で、この春ヨーロッパ全土でずいぶんと骨折ったと思うがな、宰相！」

＊クリミア南部の地名。王宮があった。

1　アレクサンドル二世が好んで用いたフレーズ。

「御意《ぎょい》、御意であります！　しかしまだやり残したことがございます。下名がパリからわざわざやって来たオルロフ伯とロンドンで何度か非公式の会談を持ちましたこと、ご記憶でございますか？　今問題となっておるのは、ロシアへ向かいながら予想外にもフランスに留まった日本国公使であります……」

「ああ、そう、そうだ。今思い出したぞ。お主《ぬし》は其奴《そやつ》について話していたな……確か今年の初めではなかったか？」

「仰る通りでございます、陛下、三月のことでございます。日本国ミカドが公使候補を任命し、我らの儀典案とも調整がついたとご報告申し上げました。また、日本国特命全権公使が海路でロシアへ向かったこともご報告申しました。四月にナポリから、日本人がようやく到着したが、誰も予想しなかったことにロシアでなくフランスへ向かったと言ってよこしたのです……」

「その報告は受けていないぞ、宰相！」皇帝は眉をひそめた。「その日本の行動は何を意味するのだ？」

「陛下、ご記憶でしょうか。陛下のここ数カ月の諸々の会談日程を計画中、本年四月末ないし五月初旬は、陛下のシュトゥットガルト、及びロンドンご訪問の好機ではないことをご報告申し上げました。当期間中の日本国公使エノモトのペテルブルグ到着を期して、陛下がかの者から信任状を受け取られる期日に関する国際的な儀礼のことを考えたのです。この者がパリへ向かったことが明らかになって、ペテルブルグ到着遅滞の理由を明白にする必要が出てまいりました。自慢にもならぬ外交上の空隙が生まれ、判断が求められました。公使承認の手続きをさらに延期するか、延着自体容認できぬ、侮辱であると日本国皇帝に通牒を送るか。ですから下名はエノモトについて陛下にご報告申し上げなかったのです」

「では、少し前からあらゆる反ロシアの温床となったパリで、ずっと何をしているのだ？　ロマノフ家に向けた誹謗中傷の、汲めども尽きぬ泉となったパリで。我が王朝の敵の隠れ家で」

「まさに下名にもそれを考えておりました、陛下！　そして実を申せばすでに明治天皇への然るべき文書を準備しました。しかしながら駐仏大使オルロフ伯本人が承認したパリからの通知を受け取って、日本国公使の予想外の延着の不可解な真相に関する疑いは晴れたのです。大山鳴動して鼠一匹でした、陛下」ゴルチャコフはくすくす笑ってかぶりを振った。「エノモトへの中将の階級付与はこの上なく急務であったため、日本政府には階級表の改訂を承認する必要が生じました。改訂は間に合いましたが、軍服の考案と仕立ては悲しいかな、間に合わなかったのです！　公使は中将の軍服なしで離日しました。何と言っても、信任状の奉呈に関する儀典は外交上大変厳格であるからです…」

「外相、お主《ぬし》は、公使がパリに寄ったのは軍服を仕立てるためと言いたいのか？　たったそれだけか？」

「御意！」

「そしてそれが延着の唯一の理由か？」

「フランスでは当方の手の者がエノモトを片時も見失わず監視しておりました、陛下！　確信をもって申し上げます、ええ、唯一の理由であります！　我が国そして我が王朝の敵と日本人の接触は一切確認されておりません！」

「うむ、ならば赴任の儀礼の僅かな違反を許してやろうではないか、宰相！」アレクサンドル二世は微笑んで言った。「フランスの港湾当局が日本人を長く引き留めないことを祈ろう。朕は六月前半に公使に会う。実を言えば、公使本人もかの国も朕にはかなり興味深い。ヨーロッパと当地の王宮の大仰なことにはもう長いこと心からうんざりだ。日本国公使が我が国の外交に新しいアジアの風を吹き込んでくれればいいのだがな……」

「下名も左様に期待しております、陛下。しかし実のところは、東洋は文明のヨーロッパに常に不信を抱かせてきました。様々な人種がそれぞれのやり方で国全体の発展を遂げてきました……」

「だが宰相、お主《ぬし》たった今全体の発展の方向性の話をしたばかりではないか」

「行動の傾向を申したのです。発展の道のりでございます、陛下。あえて申せば、到達方法がかなり異なるのです。例えば日本を例に取りましょう、陛下。この国は三百年間『竹の帳』の向こうにありました。国民はどこか地の果ての孤立した島々に住んでおり、異人は日本では歓迎されなかった——むしろ逆でした。そこへ六年前、文字通り方向転換が起こったのです。政府にだけではなく、数世紀の間慣れ親しんだ慣習に従って生きてきた人民の意識にもです。人との交わりについての新しい規範、日本人にとって新しい文明は、実に異質で理解しがたいのです。拒否感とは言わないまでも、間違いなく不信を引き起こす奴らなのです！」

「とはいえだな、宰相、日本人は自らその孤立を脱し、ヨーロッパの一員となろうとしている。そのことだけは楽観視できるように思うがな」

「お言葉が神に聞き届けられますように」ゴルチャコフはため息をついた。「しかし三十年、五十年前まで、自身の行為の正当性をこれっぽっちも疑わずに、外国人宣教師を焼き打ちにしていた人間の意識を想像してみて下さい。あの者たちの意識は暗い森でございます、陛下！　一方で我が国のつい最近の来し方を思い出して下さいませ。ヨーロッパの国際関係にあっては第一バイオリンを演奏しながら、極東には今世紀の半ばまで公式に承認された国境を持たなかったのです！」

「そのことは我が国のヨーロッパにおける威信を貶《おとし》めていないではないか、宰相？　お主《ぬし》そう言ったばかりではないか！」

「ヨーロッパは一旦横へ置いておきましょう、陛下」皇帝の寵臣たる権限で、ゴルチャコフは少しぞんざいに打ち切った。「お話ししておりますのは、我が国の東方の国境のことでありますす。アムールとその支流ウスリー川沿いの土地は、一八五〇年代までほとんど未調査です。そしてそれ故に、入植したのは行きずりの人間ばかりです——もっとも余りいなかったのですが。一八五〇年、アムール河口でロシアの旗を揚げたのはネヴェリスコイだけです」

「ああ、ネヴェリスコイに名誉と栄光あれだ、宰相。お主《ぬし》が話をどこへ持って行こうというのか、いまひとつ分からぬが……」

「しばらくお待ちください、陛下！　しばらく！　思い出してみてください。我が国がネヴエリスコイ遠征の結果としてアムール及びウスリー沿岸の広大な土地の詳細な地図を入手した際、清国との間で当地の境界に関する問題が巻き起こりました。『天下帝国』との交渉にはおよそ十年を要したものの、それだけの価値がありました。愛琿《あいぐん》条約と北京条約の結果、ロシアは太平洋への出口を手にしました。愛琿条約ではロシアはアムール左岸の土地を得、北京条約ではウスリー地区は全てロシアのものと定められたのです！」

「お主の地理学講義は大変評価しておるが、なぜ朕が随分面倒なイギリス訪問の直後にそんな問題に今関わり合いにならねばならんのか、いまひとつ分からぬ」

「御意にあります、陛下」ゴルチャコフはため息をついた。「仰せの通りでございます。もし陛下がこのところうんざりする思いをされているなら、『講義』は後回しでもよろしゅうございます。しかし我が国によくあるように、無期限の先延ばしというわけにはまいりません、陛下！　陛下、我が国の東部国境地域の地図は概ねご記憶にございますか？」

「当たり前だ！」皇帝はふんと鼻を鳴らし、椅子から立ち上がって力一杯に腰を右へ左へと曲げた。この動作を皇帝は自分に最も近しい人間のいる前でのみ行っていた。「で何だ？」

「今の我が国にはですな、陛下、サハリン島の南半分を失うという差し迫った脅威があるのです。この島は日本国政府との以前の交渉では所有権が明確に規定されず、引き裂かれる寸前です！　この不透明な状況を利用して、日本はサハリン南部、何よりも当地に埋蔵された石炭の開発へと長きにわたり確実に歩を進めております。またその背後には強欲なアメリカ、イギリス、オランダが待ちきれぬように足踏みをしております。彼らには極東の艦隊のためにこの〈石炭庫〉が喉から手が出るほど必要なのです。幸いにも今のところ日本は懸案のサハリンについての権利を主張するには余りに脆弱です。そして今のところはアメリカやオランダに島の豊かな資源の利権を渡すには余りに慎重です。加えて、島の分断を承諾すれば、我が国は即刻太平洋沿岸の広大な領土を保有する特権をすべて失うのです！　何となれば、サハリン、ことにその南半分が日本のものとなれば、我が国の将来の太平洋艦隊にとって克服できぬ障害となるからです、陛下！」

「近頃疑心暗鬼になりすぎだぞ、宰相！」皇帝は鼻を鳴らした。「お前は何かと言うとミリューチン元帥[1]と先を争って、近頃の日本は脆弱だ、内戦と国情混乱、政権交代と経済問題で疲弊していると言って朕を説得しようとするな。しかも日本は並はずれた野心をもったイギリスとは違うのだ、外相！　サハリンとそれに関する新たな諸問題が最近の日本にとってなぜ重要なのだ？」

「ごもっともです、陛下！　幸いなことに日本には、サハリンがなくとも問題山積です。しかし、イギリスのことをよもやお忘れではありますまいな、陛下！　アメリカ、フランス、その他ヨーロッパ列強のことを！　サハリンの石炭産地は非常に広大で、一方で太平洋沿岸の港ではこの〈船舶の血〉の欠乏甚だしく、列強は石炭供給の番を争っているほどです！　陛下名はサハリンの南部を要求している日本の背後に居並ぶ諸列強がいることを露ほども疑い

1　アレクサンドル二世在位中のロシア帝国軍事大臣。

ません。諸国はサハリン島天然資源の開拓に関する権利を日本から買い戻し、同時に我が帝国をタタール海峡に封じ込めて、帝国の影響と権威の失墜する時をひたすらに待っているのです。何としてもサハリン島を失うわけには参らぬのです、陛下！」

「むろん失うことはないぞ！　公使と信任状を受け入れ、神とお主の助けを借りて、日本国ミカドとの密な交渉を始めよう。我が家では壁も助く、と言うだろう、宰相！」

「さようでありましょうか、陛下！」ゴルチャコフはぶつぶつと言った。「さようでありましょうか。より正しく申せば、祖国の壁については下名はいま一つ信じていないのであります。考えますに、サハリンに関する交渉を東京から遠く離れたここペテルブルグで再開しようという日本政府の提案は、間違いでもミカドの友好的な譲歩でもないことは明らかです。交渉が行われる土地が係争中の土地から大いに離れていることは、今回の場合、交渉手続きがさらに遅滞する要因となります、ほぼ確実に」

「もうよい、もうよい公爵！　お主《ぬし》はビスマルクのような分からず屋との間に妥協点を見出してきているではないか。まさか、つい先ごろ国際政治の舞台に踏み出したアジア人と『交渉』できないとでもというのか？」

「お上手がうまくていらっしゃいます、陛下！　あるいは何ですか、今思い出しました！　来客があった前日、下名が思い起こしましたのは我が国の民も含めて色々な人間が日本人から受ける印象です。例えば、日本人は『否《ニエット》』と言うのをきわめて嫌います。何かを依頼した人間を拒絶するのは、日本人にとっては己の無力を認めるにも等しい、そう思います。そしてヨーロッパ人であれば決定的な拒絶で答えるのが全く何でもないような依頼に対しては、日本人は答えをはぐらかし、『否《ニエット》』と直言するのを避けるのです。あるいは、やると約束しておいてやらない。これは日常生活において並々ならぬ困難を引き起こします。対立とは言わないまでも問題の原因となります。こと外交にあっては、かような行動様式を持ち込まれれば、奴らとの間に妥協点を見出すなど全くもって困難になります……」

アレクサンドル二世は吹き出した。

「もうたくさん、たくさんだ、宰相！　お主《ぬし》はヨーロッパ外交五十年の匠なのだから、アジアの野蛮人も避けて通れぬ。謙遜無用だぞ、大臣」

「いかがなりますか、陛下……。お休みなさいませ」

＊　＊　＊

アレクサンドル二世がビクトリア女王の領土に滞在する最後の夜の眠りにつく準備をしながらゴルチャコフとの会話を終えつつある頃、警戒態勢を強化したロシアの駆逐艦隊がいとも簡単にイギリス海軍の許可を得、聖アンドレイ旗を掲げてテムズ河口に入り、皇帝を待ったった一隻のヨット、シュタンダルト号に快適な港へ急ぐ商船等が近づかないよう戦略的な態勢を取った。ロシアの重装甲艦隊は公海上に陣取って、これまた蒸気機関の圧力を限界まで上げて維持し、英国艦隊の非友好的な兆候がすこしでも見てとれようものなら旧来の対立に対する自国の〈主張〉をしようと準備を整えていた。

幸いなことに、ロシアの〈主張〉は全く必要なかった。翌日朝早く、睡眠不足の皇帝アレクサンドル二世を乗せたシュタンダルト号はロシアへ向けて灰色の波の上を滑り、並みいる駆逐艦隊の先頭に立った。

榎本武揚もフランスにこれ以上とどまらず、ロシアの首都へ向かう支度を始めていた。アントワープまでの列車の切符を買うと、榎本は自身の存在がロシア皇帝の不眠の原因になっているなど露ほども疑わず、最後のシテ島周辺のセーヌ川クルーズを終えた。その後、真新しい中将の軍服に袖を通すことにし、またそれよりもサンクト・ペテルブルグ到着に当たり何らか外交上の瑕疵《かし》を犯すことを懸念して、在仏ロシア大使オルロフ伯を訪《おとな》うた。

伯爵は歓喜して耳をぴくぴくさせ、一つだけの目の光をできるだけ好意的にするよう努めながら、任地に最初に赴く際の儀典の詳細について新任外交官に説いてやったのだった。

第六章

アレクサンドル二世は常にひとりでに目覚め、目覚まし時計に走り寄って起きることはきわめて稀であった。服を着るにも自分一人で行うのを好み、自分の寝室には毎朝変わらず軍服を持参する年取った召使いのオシップ以外は入ることを許さなかった。

皇帝がどこで夜を過ごそうと、寝室の隣の部屋には扉のすぐそばに丸い小机が置いてあって、ここのところもう何年も、その日の特別重要事項と定められた謁見対象者のリストが入った藤色の革製の紙挟みが変わらず皇帝を待っているのだった。この紙挟みもアレクサンドル二世が目を通すことはきわめて稀で、自身の素晴らしい記憶に頼ることにしていた。

階段の下で副官の一人が手にコートを持って皇帝を待っていた。またここ最近ずっと皇帝の朝の散歩のお供をしている宮廷付医官のセルゲイ・ペトローヴィチ・ボトキンも、同じ場所に畏《かしこ》まっていた。

「おはようございます、陛下！　また、雨でございます」まるで悪天候が自分のせいであるかのように、詫びるような調子のバリトンで副官が言った。

アレクサンドル二世は頷いてコートを肩にかけ、僅かに医官に微笑みかけた。

「おはよう、ボトキン医官。妃はどうしている？」

宮廷医官は両手で眼鏡を直し、皇帝の前の扉を外へ開けるべく足を早めようとしたが、またうまく行かなかった。素早い副官が扉を開けたのだ。

「皇妃様の健康は、日々目に見えて改善しております、陛下。ペテルブルグの春は幸いにお妃様によく、呼吸のたびにぜいぜいいう音も余り聞かれなくなりました。昨夜は、女官たちの語る面白いお話を聞かれて何度か声に出してお笑いになり、その際以前のように咳き込んで涙を流されることはございませんでした……」

アレクサンドル二世は再び頷いた。階段から降りていつものように右へ向きを変えながら、皇帝はカラコゾフによる暗殺未遂事件以降、散歩の間じゅう付き添っている警護の者と会うのを待ち受けるかのように、周囲に目をやり続けていた。警護の者は目に入らず、皇帝の額に浮かんだ細かなしわは瞬時に消えた。むろん皇族の警護に関する命令が撤廃されたわけではなかったが、〈斥候〉を皇帝が断固として嫌がるのを知って、警護の者たちはできるだけ見つからないよう常に少し離れて立っていた。このことでもアレクサンドル二世は苛立ち、警護の必要性そのものについて召使いとしばしばやり合った。皇帝はいつも質問した。「見えないならば、なぜ警護が必要なのだ？　もし低木の陰から、あるいは物陰から本物の敵が現れたら、警護の者に何ができるのだ」

「警護というのは、君主にとって十字架のようなものです。必要なのですよ、あなた。耐えねばなりません」皇妃マリア・アレクサンドロヴナは変わることなくこう答えていた。

一方、宮廷警護長はいつもこの争いに対し、かすかな笑いを手袋で隠して慎重に咳払いをした。遠方の警護隊が前もって冬宮と皇帝の通るほかの場所の近辺から通りがかりの者をすべて追い払っていたなど、皇帝は全く知る由もなかった。近隣の巡査は、朝八時から九時半までは持ち場である縞模様の哨所を離れてはならないと厳格に言い渡されていた。

この日の散歩は、忌まわしい霧雨のために皇帝を満足させなかった。宮廷付医官がそばに付き添っていたことでも皇帝はつい癇癪を起こした。以前の典医エノーヒンとの関係も良いわけではなかった。しかし少なくとも、エノーヒンなら無理に散歩の時間に付き添ってはこなかった。現在の典医と同様、エノーヒンは主な関心対象としてきわめて病弱な皇妃を選び、ほとんどいかなる時も皇妃の寝室で過ごした。これがまた皇帝に不快感を呼び起こした。典医に妻の状態を詳しく尋ねるため、皇帝は皇妃の寝室の暖炉のそばにあるお気に入りの椅子に座っている典医を呼び出す理由を一度ならず捻出することになった。

高齢だったエノーヒンが数年前に死去し、宮廷付き医官の後継の問題が持ち上がった時、宮内大臣アドレルベルグ伯爵は、ロシア帝国医療界のきら星、ボトキン博士に白羽の矢を立てた。ボトキンは若かりし頃数学者になることを望んだが、モスクワ大学に入学しようとしたまさにその時、貴族出身でない者が自由に入学できるのは医学部だけだというニコライ一世の規制が出された。かくて商人の息子は医学の道に入ることになった。歴史に「もし」はなく、ボトキンが数学者になっていたらどうだったか知る術はない。しかし医師ボトキンが誕生したことでロシアと全世界の医師界は医療と人類に対する最高の献身の模範を享受した。

アドレルベルグ伯の申し出を、ボトキンは最初丁重に断ったが、ボトキンを羨む者たちはすぐさまこれをモスクワ大学に入る夢が実現しなかった商人の息子の積年の恨みと解釈した。

実際のところ、ボトキンに恨みなどこれっぽっちもなかった。ただ宮廷付き医官にならないかという申し出はボトキンには幅広く興味深い臨床と基礎理論研究から本気で自分を引き剝がすような、〈象牙の塔〉の医療への移動に等しく思えた。拒絶する代わりにボトキン博士は、皇妃マリアの健康状態に関する医師協議会に参加した。そして何よりも、深刻な医療過誤の結果に悩む不憫な婦人に人として心からの同情を寄せ、やがて自身の決定を翻してアレクサンドル二世の皇妃付きの医官となることを承諾したのだった。

皇帝の朝の散歩の随行に関しては、新米の宮廷医官は無意識のうちに自身の誠実さに縛られることになった。妃の病が重くなると、アレクサンドル二世は他人に邪魔されず皇妃マリアの病状について話すため、いわくありげにボトキンに散歩に付き合うよう勧めた。そうした時会話はうまくいき、また役に立ち、皇帝は医官の正直さに心から感謝し、その後も定期的に忠実な進言を受けることを希望した。そうするとボトキンの方は根が純朴なだけに、毎朝アレクサンドル二世に随行し、妃の健康状態についていつでも説明できるようにしておくことは自らの義務であると考えた。

宮殿の周りをぐるりと回り終えるとアレクサンドル二世はやや足を早め、そのため宮廷医官のボトキンは皇帝の従者の後ろをついて急ぎ足になり、二回も足をすべらせたほどだった。ボトキンの視力はたいそうひどいものだった。

ポーチを駆け上って、どこにでも付いてくる副官の手にコートを渡すと、アレクサンドル二世は皇妃の寝室へと上がっていった。朝のコーヒーの時間になったのだ。皇帝は我知らずため息をついた。夕食までは、自分はそれでも君主である。が、まるで伝統の奴隷だ。朝のコーヒーの後は、書類仕事の時間となり、十一時から午後一時までは謁見の時間だ。その後は家族と午後のお茶の時間。それから木曜日ごとに諸大臣との会合に出席、それ以外の日は、首都に駐屯している近衛部隊の観閲。続いて家族の一人一人に会いに行くか、馬車か徒歩で散歩に出る。

アレクサンドル二世は自らの父と違って夕食を遅めの午後六時という時間に変更した。その後少々休息をとった後、皇妃と話すかカード遊びをした。二時間後に皇妃マリアは子供たちを連れて寝室へ下がり、皇帝の方は劇場へ出かけて、帰ってくると午前一時まで再び書類仕事だった。この毎日の書類は大変な量で、政府として大いなる重要性を持ったものから高官たちのごく些細な妬《ねた》み合いに対する繰り言にまで及んでいた。

皇帝はいつもエカテリーナ・ドルゴルカヤと、彼女との間に生まれた子供たちに会いたくてたまらなかった……。が、自分がどうしても一番重要だと思う二番目の家族との時間を作り出すことは非常に難しかった。

大臣たちを迎え入れるのも、皇帝は宮廷に長く積み重ねられた伝統に従って行った。毎日進講を義務付けられていたのは軍事大臣ミリューチンだった。外務大臣ゴルチャコフ最高公爵は週に二度決まった日に呼ばれていた。コンスタンチン・ニコラエヴィチ大公は皇帝との謁見の頻度を自分で決める権利を与えられていたが、他の諸大臣は進講のために皇帝の特別な許しを請わねばならなかった。

この日アレクサンドル二世はため息まじりに机の上の手をつけていない書類の山に、その後時計に目をやると呼鈴のボタンに触れ、ドアのところに現れた副官の方に向いて、物問いたげに眉を上げた。

「ミリューチン軍事大臣閣下とゴルチャコフ最高公爵が控え室におみえになっております」と副官の報告があった。「いつも通り最初に軍事大臣閣下をお呼びになりますか、陛下？」

「いや、君、今日は宰相を最初にして驚かせてみよう！」冗談と企みをこめた物言いでアレクサンドル二世は副官に提案した。

副官は踵を鳴らし、最初の時計の音と共に即座に宰相ゴルチャコフの前に扉を開くべく扉の向こうに姿を消した。ゴルチャコフはその高齢を物ともせず、かくしゃくと執務室の中央まで歩いてきて造作なく頭を下げ、他の政府高官たちと違って皇帝から言葉をかけられる前に語り出した。

「陛下、ご機嫌麗しく！　謁見の順番が変わりましたのが、陛下が下名より先にヨーロッパから良からぬ知らせを受け取られた証ではないよう祈るものでありますが……」

「心配無用だ、宰相！　ヨーロッパからもどこからも、近ごろ朕がそなたに先んじて知らせを受け取ったことはない。ただ、このほど行われた日本国公使による信任状手交の状況について、そなたの見解を聞きたくてな」

「すべては決まった外交儀礼に則って行われました、陛下。ただ一点申し上げるとすれば、ほかの在ペテルブルグの外交官による信任状提出と合同では行われなかったのが素晴らしい。

もしそうなっていたら、エノモト・タケアキについての陛下の温情が外交官たちの間にただならぬ嫉妬と疑いを引き起こしていたやもしれません！」

「実を言えばな、宰相、日本人の軍服はおかしみがあった。そして朕はすぐ、そなたがロンドンで話した、あの軍服に関する話を思い出したのだ。日本国公使の予期せぬ思いがけぬ旅路の変更によるそなたの省での大騒ぎについてな。公使をどう見る、宰相」

「今のところ確たることは申せません、陛下。昨日、サハリンを巡る交渉の第一回目が、外務省アジア局長ストレモウホフと陛下の忠実な僕《しもべ》たる下名が参加して行われました。交渉は単なる自己紹介のような雰囲気でした。双方が交渉対象に関する自国の立場を説明し、長期にわたる自国政府の公式見解も詳述しました。何も変わったことはありません、陛下。そして想定外のこともございません。エノモトは北エゾ――これはサハリンの日本名ですが――北エゾを発見し開拓を開始したのは日本が最初だという日側の議論を展開しました。ストレモウホフは同島におけるロシア人居住に関する歴史的経緯を説明しました。今後の交渉日程についても調整致しました」

「我が首都での日本国特命全権公使の恒久的な住居に関する問題は解決したのか？」

「恐らくは。駐在に関する儀礼に従い、六月十日に外務省のゴルシェチニコフ書記官がワルシャワ駅でエノモトと随員を迎えましたのはご記憶かと存じます。日本人一行の当座の居室は最初、ホテル・ソボレフと決まりました。日本人外交団の居住地として宮廷河岸通り十二番地が公使の気に入り、一週間で建物の体制が整いました。現在、公使館はすでに同地にあります。日本人外交団の中に専属の召使いが不在であったことについては、推薦対象者の一覧を準備し、エノモトの検討に付すべく手交されております」

やや黙して、アレクサンドル二世が言った。

「宰相、日本人は我が国の首都で特別な世話を必要とするように思う。ロンドンでそちとそう話したのを覚えておるか？　ヨーロッパの生活様式とは全く異なる異人種だ……。長きにわたる孤立政策の結果、新しいもの、見慣れぬもの全てに本能的に疑念を持つ、そうではないか？」

「仰る通りでございます、陛下。しかし、公人に対する過度の温情は、自国の皇帝の命令を背負った外交官にいささか疑念を引き起こすであろうこと、陛下におかれては思いを致して頂きたいのです。ことさらに世話をしてくる相手国は交渉において優位に立ちたがっているのではないかと疑い、そう確信するのです。あるいは、交渉の過程において自分が相手にとって特別な重要性を持っているからこそ、相手はことさらに世話をしてくるとも考えられる、と信じ込むのです」

アレクサンドル二世は興味深く外相を見やった。ゴルチャコフに特別に温情を寄せ、心から好意を持っているのだが、宰相の時代は間違いなく過ぎ去ろうとしていると哀しく認識せざるをえなかった。老人らしい多弁は自分の見解と判断は間違っていないのだという確信と一緒になって、こっけいなたわごとではすまなくなっていた。

皇帝はたくさんの写真と水彩画で飾られた自分の机からさっと立ち上がった。気楽に歩いてゴルチャコフの肩を叩き、座らせた。夭逝した長男、ニコライ・アレクサンドロヴィチ大公の胸像が乗っている低い棚のところでしばし立ち止まり、執務室を歩き回った。乾いてざらついた石膏作りのニコライの頬の部分を指で撫で、皇妃マリアの二枚の肖像画に挟まれた執務机の後ろの壁中央にある父ニコライ一世の肖像画に目をやった。

アレクサンドル二世の執務室では多くのもの、ガラスの覆いをかけられて机の端に置かれたカラコゾフの拳銃すらもが、避けられなかった生と死の流れを語っていた。実在するものの儚さが思い起こされた。警察の尋問によると、犯人はこの銃を古物市場で十五ルーブリで購入しており、一八六六年四月四日の発砲事件[1]の後、弾抜きをしなければならないと宮廷の警護員から何度も注意があったにもかかわらず、結局二つの銃身のひとつに弾が入ったままになっていた。

アレクサンドル二世はため息をついて、丸い補助机に宰相と向かい合って座り、固く指を組んだ。

1　この日、元学生のカラコゾフがペテルブルグの「夏の庭」の門のそばで、午餐後の散歩のあと馬車に乗っていたアレクサンドル二世に発砲した。公式発表によると、正確な射撃を妨げたのはコストロマ県の農民オシップ・コミッサーロフだったが、皇帝を狙った犯罪者に対する注意を喚起したのは「夏の庭」の警務隊員の叫び声だった。拳銃は二連銃身で、カラコゾフは二本目の銃身の弾抜きができなかった。九死に一生を得たアレクサンドル二世はコミッサーロフに五万ルーブリの褒賞金と世襲貴族の身分を与えたが、歴史上無名となった警務隊員には「茶代」として二十コペイカ下賜されただけであった。

「働きすぎのようだな、宰相！」励ますような微笑みで、皇帝は真剣な声音をやわらげた。「外交界でそなたの右に出る者はない。だが、人たるものの他のあらゆる活動と同様、外交は人々と交わる手段だということ、忘れてはなるまい。誠実さと善良な心があれば人に感銘を与えられるのだ。ことに祖国と慣れたしきたりから遠く離れてやってきた、この日本人の状況にあってはなおのことだ……。今思いついたがな、公爵、もしそなたが地位や立場を捨てて日本人外交官と近しく交わるならば、そなたの君主たる朕にとっても全く都合がよい。ことに朕は交渉に直接顔を出しておらぬ。また朕は日本人の国や習慣、伝統に心から関心を寄せておる。近々、エノモトを皇妃同席の夕方の茶会に招こうではないか。このアジアの国に正しい印象を抱くにも役に立つと思うがな」

「御意にあります、陛下！」ゴルチャコフは腰を浮かし、頭を下げて、突如薄いスエードの布《きれ》で、丸眼鏡のレンズを拭き始めた。これは外相が集中して考えている印だった。「その茶会に関しましては、公式ルートで公使に伝達されますか？」

「友人としてのよくある招待を外交儀礼に則った儀式とする必要はない」アレクサンドル二世は微笑んだ。「朕個人の書き付けで充分だろう。だが宰相、もしエノモトが外務省に説明を求めたら、朕には交渉の進み具合をどうこうするつもりは全くないことをよく言って聞かせるように。それから仰々しい軍服やその他の外交儀典はなしだぞ、公爵！　朕の方は、我らの退屈な毎晩の生活に我らの客人がもたらすであろういくばくかの彩りについて、前もって妃に知らせておこう！」

＊　＊　＊

「今日の客人はいかがだった、マリア？」

「ええ、私、いい意味で期待を裏切られることになって、とても嬉しゅうございますわ、アレクサンドル」皇妃は習慣で自分の顔のところに香り付きの塩を入れた小瓶を持って行き、何度か香りを嗅いだ。「あの者は謎めいた東洋の未開人とはまったく思えませんでしたわ。随分と賢くて節度があり、ヨーロッパの言葉を素晴らしくよく知っていますね。ただ一つ、私の求めに応じてエノモトがフランス語に訳して読んだ日本語の詩、あれだけは何だかおかしゅうございました。全く詩とも思えないような……正直に申しますと！」

「いやいやマリア、お前は少し偏見を持ちすぎだ。えてして詩というものはきわめて微妙な内容で、別の言語に訳すのがなかなか困難なものだろう。朕が元の言語でその詩を読むよう客人に言ったとき、何ともほのかなメロディーがあったではないか」

「分かりませんわ、あなた。私にはそのメロディーは感じられなかったようです……」

申し訳なさそうな声音で言うと、皇妃は激しく咳き込み、急いでハンカチと、続いて香りの塩を入れた小瓶を顔に持っていった。

「朕には、神から子供を授からなかった家族における養子についての日本の習慣がきわめて興味深かった。よければ思い出してみてくれ、マリア。ヨーロッパ、そしてルーシの名家の幾つが、跡継ぎがいなくて途切れていったかを。そこへ行くと、日本の現天皇、ムツヒト帝はどうだ！　エノモトはごくごく普通のことのように、当然だというように、天皇の母親はただの妾だと話していた。にもかかわらず、コウメイ帝とその皇妃はしかるべき時に、妾から生まれた子を正しい王位継承者として認めたのだ！」

　皇妃は皇帝の最後の言葉を聞くと下唇を嚙み、顔を曇らせた。するとすぐアレクサンドル二世自身、虎の尾を踏んだと知って慌て、急いで話題を変えた。[1]

「マリア、日本国の高名な客人のために公式晩餐会と舞踏会を催すのも悪くないと思うのだ。そうすれば、公使に対する関心が日本の宮廷にこの上なく好意的な印象をもたらすに違いない。加えて我らはここのところペテルブルグを離れてツァールスコエ・セローに長くいたので、首都の人間は明らかに退屈している。どう思う、マリア？」

「いい考えですわ、アレクサンドル。でも一つだけ……あの日本の客人は、本人にとっては複雑な舞踏会のような式典には充分慣れていないのではないでしょうか。ニコラエフスク風は言わずもがな、『コンサート式』や『エルミタージュ式』といった。[2]公式晩餐会は別のお話ですわ。でも舞踏会は……。日本の宮中での舞踏会についての貴方のご質問に、公使が慌てたのをよく覚えております。エノモトが踊りができるのは確実なのですか、アレクサンドル？　ポロネーズは知っているのですか？[3]　あの者が何年かヨーロッパに住んでいたのは分かっております。が、宮廷の者と交わった経験があるとは思いません。宮廷儀礼の複雑なこと、もっと教養ある者たちでも当惑することがありますわ」

「心配無用だ、マリア！　踊りや行儀など、やろうと思えば熊にも教えられる」アレクサンドルは一笑した。「金曜日にエノモトを我らの夕刻の茶会と劇場の初演に招待しよう。ついでに舞踏会のことを言っておく。担当は……そうだな、まあ、たとえばうちの儀典部長ゲラルディにでも依頼しよう。奴の助けがあれば、舞踏会の分野に通じている近衛騎兵の中から素晴らしい踊り手を二名見つけられよう。恐らく、概ね二週間後には舞踏会を開催できるぞ！」

1　結核で長男ニコライ・アレクサンドロヴィチを失ってから、アレクサンドル二世は帝室の問題に煩わされ、もう一人の息子、皇位継承者としてのアレクサンドル・アレクサンドロヴィチに対して懐疑的になっていた。皇帝がロマノフ家の皇位継承権を身分違いの妻エカテリーナ・ドルゴルカヤとの間に生まれた息子ゲオルギイに託す可能性は排除しなかったのではないかと推測できる根拠がある。かくしてアレクサンドル二世の第二の家族と非嫡出子の問題は明白であっても、やはり悩みの種であった。

2　季節初めの舞踏会は三千人収容できる冬宮のニコラエフスクの間で行われるのが通例だった。その数週間後が「コンサート式」、「エルミタージュ式」の舞踏会の番になるが、いずれも会場となる広間の名にちなんだ呼び方である。これらの舞踏会にはそれぞれ七百名、二百名の人が招待されたが、双方の儀礼は厳格さの点では違いはなかった。

3　宮廷ポロネーズは国の儀式だった。皇帝は外交団の長の婦人に手を差し伸べる。大公たちは外交官諸官の婦人を招待し、各大使は大公の婦人と踊る。儀典部員を周りに従えた三等宮内官（経理担当）は手に笏《しゃく》を持って、まるで露払いをするように皇帝の数歩前を歩く。広間を一周すると、踊り手たちは階級と社会的地位を厳守して相手を変えた。広間の周回は、皇帝が踊りの相手を変えたいと思う限り続いた。

＊　＊　＊

大隊長キリディシェフ公爵のところへすぐさま出頭せよという命令は、少尉補ミハイル・ベルグのところへ突如舞い込んだ。大隊長の副官が練兵場の隅でベルグに追いついてきた。ベルグは流行《はや》りのオペレッタか何かを鼻歌で歌いながら、この上なく希望に満ちた気分で近衛工兵大隊の兵舎から自分の居室へ向かうところだった。

「おいベルグ、戻れ！」息を切らした副官がベルグの肘を突いた。「ヒゲの怪人がお呼びだ。急げ！」顔が映るほど磨き抜かれた軍靴に薄く積もった埃に目をやって、若い将校は残念そうに言った。「何てこった……ペテルブルグのどこから埃なんぞ持ってきやがった。練兵場を半分横切っただけで、まるでヒヴァでも走り回ってきたみたいだな！」

「何があった、ニキーチン？」さして気を落とさず、ベルグは尋ねた。「俺は明日の朝まで非番だぜ。まさか大佐殿はお忘れか？」

「宮廷舞踏会の配置命令がおいでなすった」確信たっぷりの低めの声で、まるで軍事機密でも打ち明けるかのように副官が知らせた。「で、ベルグ少尉補、お前は踊りにかけてはうちの大隊で十指の達人だ！　よし準備だ、かかれ！」

「士官集合ー！」将校たちの間で陰では「ヒゲの怪人」の愛称で通っているキリディシェフ大佐の声は、雷鳴が轟き稲妻が光る嵐の時にあっても響き渡った。壁に囲まれたいつもの場所では耳をつんざいた。「注目。我が大隊は再び大いなる栄誉を授かった。十二名は配置につけぇ！　三名は特別招待である――ベルグ、ヴォロンツォフ、ツィプラコフ！　残る者の選抜は、自分の従妹、三等宮内官夫人ナターリア・セミョーノヴナ・ブリズガロヴァにより、余に委ねられておる。よって集まってもらった！　恐れ多くも、宮廷に参内してもらう。ゆめゆめ、お前らの気晴らしのためではないぞ、いいな！　自分の楽しみは忘れろ！　任務で行くのだ！　ついては、近衛士官らしく振る舞え！　カーテンの後ろに隠れるな、窓辺でぼやぼやするなぁ！　ご婦人方と踊れ、ありとあらゆる手で楽しませろ！　士官同士群れることは固く禁ずる！　会場内に散らばれぇ！　これは任務であるぞ！　逃げようとする者は覚えておく、悪く思うな！　以上である！　回れ！……進めぇ！」

半ば呆気にとられた将校たちは、嘲笑を浮かべて大隊長のいる前から去った。気が晴れないのはベルグ一人だった。また婚約者のナステンカが気を悪くする。彼女の父は五等官で、なぜだか四等官への昇進が遅れていた。ということは、彼の家族がこの舞踏会の招待状を受け取ることはまずないだろう……。とはいえどうしようもなかった！

＊　＊　＊

客人たちは臙脂《えんじ》色のビロードの絨毯を敷いた白い大理石の大きな階段に立っていた。辺りは軍靴の艶やかな黒、金の縫い取りをした白と赤の軍服、金銀の鷲をつけた帽子の三つの色で埋め尽くされていた。駐露外交官とその婦人の民族衣装の色とりどりの生地に、数え切れないほどの正装用肩章が光っていた。
ベルグは皇帝主催の舞踏会に出席したのは初めてではなかったが、舞踏会の仰々しさと豪華さにはなかなか慣れられないでいた。女性たちは大きく胸の開いた長く裾を引く宮廷用の服を着ていた。侍女たちは自分の地位に応じてベルトの左側に目印をつけていた。ダイヤで埋められた皇帝の名前の頭文字を形取った、「暗号」と呼ばれる飾りだった。「暗号」の代わりに、ダイヤで縁取りをした皇帝の肖像画をベルトにとめることを許された「肖像画の女性たち」にも出くわした。皇帝の肖像画は、特別な功績に対して下賜される宮廷で最高位の印であった。
ベルグは敬意ある態度で、ごてごてした髪型の先からつま先までダイヤで埋め尽くされた若作りの婦人を連れて階段の上で立ち止まっていた侍従武官を追い越した。この婦人とは以前の舞踏会で踊ったことがあり、彼女は明らかに自分に気づいていた。若い将校の慇懃な敬礼に対して、待っていたとばかりに婦人の左手の扇が一片開かれた。[1]
広間を歩きながら、客人たちは深紅の軍服を着たコサック近衛兵団の隊列の中に入っていき、大きな真っ白いターバンを巻いた「黒人《アラップ》」の近くへ寄っていった。アビシニアのキリスト教徒で軽い公務についた者は伝統的にこう呼ばれていた。ベルグは、厳しい目をしてまだ皇妃に目通りする光栄に預かっていない小心者の若い婦人の一団をはべらせている三等宮内官夫人にして大隊長のいとこの女性に、遠くから敬意を込めて頭を下げた。聖アンドレイ勲章の明るいブルーのリボンを先につけた長い杖《つえ》状の笏《しゃく》を持って高位の指揮官のような顔で広間を闊歩している儀典部員たちに何度か道を譲ることになった。

しかしこの時儀典部員たちがまるで命令でも受けたかのように、客人達の注意を引きつつ自分の笏で寄せ木の床を小さく叩くと、ゆっくりと開かれたマラヒトフの間の扉に、皇帝が皇妃マリア・アレクサンドロヴナを伴って現れた。皇妃のただならぬ病的な青白さは、厚く紅を塗っても隠しようがなかった。その微笑みは貼り付けたようだったが、夫の期待を裏切ることを望まず、直立の姿勢を保っていた。

バルコニーでは合図に合わせて指揮者が両手を振り、広間にポロネーズの音がやわらかに響きわたった。いよいよ婦人を楽しませるために召集された近衛兵達の出番であった。

三回目に踊りの相手を変えた時、突然ベルグは軍服と顔が目まぐるしく入り乱れる中に、特徴ある東洋系の顔立ちと、見覚えのある随分複雑なデザインの軍服に気づいた。その軍服がベルグにはっきりと語りかけていた。その持ち主こそ、彼が約ひと月前に、パリの有名なマスター・ウォルトのサロンで知り合った人だと！

日本帝国海軍中将はいとも自然に踊り、滑らかに、しかも何とも東洋風に相手に取り入るように動いていた。ベルグは必ず踊りの間の小休止の際にパリの知人を捜し出そうと決めた。

1　上流階級の舞踏会では「扇の用語」が広く普及していた。婦人が扇を広げてあおいでいたら「既婚」、扇が閉じていたら「あなたに興味なし」、近寄ってきた男性の前で扇を完全に開いたら「あなたは私の理想の人！」、いわくありげに一片だけ扇を広げたら「今はお友達でいましょう」といった具合。

しかしその前に彼とほかの近衛兵団の踊り手たちはかなり働かなければならなかった！

ポロネーズはワルツに変わり、客人の多くは少しステップを踏むと、広間の真ん中で回っているアレクサンドル二世を見ようとして踊りをやめた。皇帝の周りの輪は容赦なく狭まってきて、ベルグはブルィズガロヴァ三等宮内官婦人の執拗な合図に気付いて、間近にいる「暗号」を付けた女官の前に立ち颯爽と踵を鳴らして、客人たちを壁の方へ寄せ、皇帝のために道を空けさせるべく、この丸々と太った相手を大きな弧の動線を描いて連れ出した。近くでは、同じ大隊のヴォロンツォフ中尉と、社交界のお気に入り、近衛騎兵メインスドルフ男爵が自分の「肖像画の女性」を伴って、同じように広間の中央に場所を空けるところだった。

とうとうワルツの音が止み、皇帝は音楽隊のいるバルコニーに向かって恐れ多くも頷くと、食事が用意されている側方の広間へ皇妃を伴っていった。ベルグは踊りの相手を丁重に席まで連れて行くと、悩ましげな視線と半分開いた扇を見せられたが、尋常でなく目端の利くブルィズガロヴァ夫人を思い出して、女官の隣にそれ以上とどまらないことにした。それよりもベルグは高位の人々が丸テーブルについてしまう前に、皇帝が皇妃と食事を取っている広間に身を置きたかった――日本人を呼び止めるために。

ベルグは自分でもなぜこのパリの知り合いと雑談することにこれほど拘《こだわ》るのか分からなかった。皇帝に目をかけられるような公的地位を持った人が、自分を認識するのかすら定かでなかった。

宴の広間へ入ってゆく一団をかき分けていると、ベルグはどこにでも現れるブルィズガロヴァ三等宮内官夫人に呼び止められた。

「今夜の貴方には満足しているわ、ミシェル」婦人は扇でベルグの肩に軽く触れて、滝のようにダイヤモンドがついた青い絹のドレスの方へベルグを向き直らせた。「今日の貴方のお働きは素晴らしいわ。私のいとこである貴方の司令官にきっと申しておきます」

「恐れ入ります！」ベルグは颯爽と踵を鳴らし、グリースを塗った頭髪の分け目をさっと下げた。

「でもミシェル、陛下の食堂をやたらと急いで歩いていますのね」ブルィズガロヴァ夫人は目を細めた。「貴方は一流の踊り手だわ、ミシェル。でもこの広間のテーブルに貴方の名前を書いたカードがありまして？[1]」

「い、いいえ、申し立ても致しません」ベルグはどぎまぎとした。「ただお客様の中に古い友人が目に止まりまして、席に着く前に是非一言二言言葉を交わしたく……」

重たいカーテンの影に半身を隠して、ベルグは注意深く食堂を見渡した。皇帝のテーブルは遠くの方のやや小ぶりの台座の上に用意されていた。既に皇妃と駐露外交団長、皇太子、大公、アンドレイ勲章の所有者が席に着いていた。ベルグは、皇帝は食事中ほとんど席に着かず、すぐに立って近しい人間のテーブルを回り出すのだと知っていた。それぞれの机には、

1　皇帝が食事をする広間には、皇帝にとりわけ目をかけられた来賓がつく十二脚の椅子が並べられた丸テーブルが数台配置されていた。客人それぞれの席は名前が書かれたカードで示された。ほかの広間では客人たちは自分で席を取った。

出席者に割り当てられた十二脚の椅子以外に十三脚目の椅子が用意されていた。皇帝用であった。十三脚目の椅子は、従者の制服を着た給仕が隣に直立不動で控えているせいで、簡単に区別がついた。

この上なく残念なことに、この広間では榎本公使を見つけられず、ベルグは公使を探すため、どこか別のところへ足を運びかけた。

その時ベルグの背後に聞こえたのはパリの知人の特徴ある声だった。「もしや、ベルグ少尉補ではないか？　会えて嬉しく思う、少尉補殿！」

ベルグは振り向いた。隣に榎本武揚が立っていた。少し脇には笏を持った儀典武官が控えていた。

「閣下！　ご機嫌麗しく！　ご記憶いただき、光栄に存じます！」

「おお……貴殿はペテルブルグでの余の唯一の知己だ。何を驚くことがあろう、ベルグ少尉補！　貴殿もこの広間で食事をされるのか？」

「いえ、閣下。ただ閣下のご尊顔を拝したいと」

榎本は儀典部員を振り向いて言った。「友人とともに食事をしたいのだが。友人の場所が自分のテーブルになければ、別の広間へ移ろうと思う」

「それはなりません、閣下！」儀典部員は複雑な儀礼を説明しかけようとしたが、つとこの〈東洋の客人〉に対する皇帝の並々ならぬ好意に思い至り、前言を翻した。「しばしお待ちください、閣下。何か考えましょう。士官、お名前は？」

儀典部員は堂々とした足取りで皇帝の食卓の近くのテーブルへ寄って行き、短く命令を下すと、榎本とベルグに手招きをした。

ベルグは拒絶しようとしたが、榎本は飄々《ひょうひょう》とベルグをついて来させた。ベルグが当惑して周りを見渡しつつ着席すると、まるで魔法のように榎本の食膳の横に自分の名前の書かれたカードが現れた。高官たちの隣に突如座ったベルグの目には、テーブルに着いた人々が皆口をつぐみ、ある者はあけすけに、ある者はこっそりとベルグを見やっているように見えた。

「閣下、お尋ねいたします。公使としての任務はもうお始めになっておられるのですか？」

ベルグは関心を持って尋ねた。

「おお、まさに始まったばかりだ！」榎本は真剣にうなずいた。「実を言うと余は外交術に充分たけているわけではない。だが戦法はすでに心得た。誰しもいつの時も、領土問題は一朝一夕には解決できないのだ、ベルグ少尉補！　余は領土問題の解決策を携えてロシアに来た。貴国政府には貴国政府の案がある。今のところ戦争で言う『牽制射撃』の状態だ」

「まさかそこまで深刻なのですか、閣下！　戦争に喩えるような……」

「いや、戦争にはならぬ、ベルグ少尉補！」榎本は軽く笑った。「余はどうあっても心からそう望んでいる。それよりも少々教えてくれ、この料理はどのようにして食するのだ？　数分前に持ってこられたが、我らのテーブルの方々は余が見る限りまだ手をつけておらん……」

「これはフランスの料理でございます、閣下。フォアグラ、あるいはガチョウの肝のパイと申します。小さく切り取りまして……」

「皆様方！　皇帝陛下のおなりです」誰も座っていない椅子の後ろに控えていた伝令が口の端で囁いた。「そのままで！」

食卓についている者は皆黙り、皇帝の方に頭を向けた。アレクサンドル二世が台座の上の自分の場所を離れて、手にシャンパンの入ったグラスを持って近づいてきた。

アレクサンドル二世が日本国公使のすぐそばで足を止めると、すぐにその背中の後ろに予備の椅子が置かれた。榎本とベルグはともかくも立つそぶりを見せたが、皇帝は手でベルグの肩を押さえ、日本人に向かってかぶりを振った。

「皆のもの、苦しゅうない！　まあほんの少しの間だけだ。特命全権公使、我が都はどうだ？　最高公爵ゴルチャコフは貴殿にペテルブルグを知る時間を与えておるか？　それとも夜と言わず昼と言わず相変わらず働きづめで、客人にも同じようにさせているか？」

「宰相殿にはきわめてお気遣いをいただいております、陛下」榎本は軽く頭を下げた。「宰相殿も、またアジア局長ストレモウホフ殿も、全く下名を急き立てることをされません。また交渉対象に関するお二方の微細なご見識のおかげで、交渉は任務と言うよりむしろ意味のある議論になっております。また下名には充分サンクト・ペテルブルグを知る時間がございます。ここは誠にすばらしくあります、皇帝陛下」

「おお、朕は嬉しく思うぞ、公使！　少なくとも貴殿はすぐに我らのもとを去ってしまうわけではないのだな」アレクサンドル二世は自分のグラスの縁を榎本のグラスと合わせると、ベルグの軍服に目を移し、聖スタニスラフ勲章と聖アンナ勲章のしるしが付いているのに気付いてちょっと目を剝いた。「そなたも外交関係者か？」

「とんでもございません、陛下！　近衛工兵大隊に編入され、目下、任務遂行中であります！」

「すでに戦場の経験があるか、名は何と言ったかな？　歳はいくつになる？」

「ベルグ男爵であります、陛下！　カウフマン大将指揮下のトルキスタン遠征参加の功績により勲章を頂戴いたしました。ヒヴァ近郊の作戦であります！」そしてまるで申し訳なさそうに付け加えた。「二十歳になります、陛下！」

「ご苦労、まことにご苦労である。名を覚えておこう、男爵」アレクサンドル二世はうなずき、茶目っ気を見せて目を細めた。「朕が見るところ、その方、踊りができるだけではないな、少尉補！　日本からの客人とは長く交わりがあるか？」

「とんでもございません、ひと月前に偶然パリでお近づきになったのであります、陛下！」

「褒められた話だ、ベルグ少尉補。公使にはおそらく我が首都において善良なる知己、良き友人が多くはなかろう。今夜は楽しんでいってくれ！」アレクサンドル二世はグラスの縁をベルグのグラスと合わせると席を立ち、伝令を伴って隣のテーブルへと向かっていった。

「これはこれは、見違えるようです！」ベルグは首をかしげ、鏡の前に立つ相手を鳥のような目でいくぶんいたずらっぽく見やった。「エノモト閣下はそういうわけで、パリで軍服ご注文と相成ったわけですね。しかし今となっては、良質の男物の服を仕立てるのはいずれにしても我が国ロシアであると信じて頂けますか？」

「余の間違いも無理からぬことだったのだ、ベルグ少尉補！　パリは世界中の洒落物の中心地だ。遠く日本にあってもそれは知られている」榎本は肩をゆっくり動かして、体の側面を鏡に向けた。「余は六年にわたりオランダとスイスに居住した間、とくにパリのことを何度も耳にした。だが軍服については、まったく貴殿に同感だ！」

「はい、その平服のフロックコートもよくお似合いです。間違いありません。むろん極端な洒落者はパリとペテルブルグのスタイルの差異を言いつのるでしょうが、しかし閣下はそのような方ではありますまい！　仰っておりましたね、群衆の中で目立ちたくないと」

「確かにな……」

日本人はフロックコートのボタンを外して椅子に投げかけ、客人の前に座った。やや先の平たい指に力を込めて、考え込むように膝を小刻みに叩いていた。

沈黙が長引こうとしていたが、ベルグはアジア人の友人のこのおかしな特徴にすでに概ね慣れていた。突然会話の途中で黙り、時空を超えたような遠くの方を見やる。黙りこくった後、榎本は大抵まるで目が覚めたか目からベールを取り払うかのようにかぶりを振り、沈黙の直前のところから何事もなかったように会話を続けるのだった。

だがこの日、榎本の表情は特別にうつろだった。ベルグは誓って言えた——茫然というよりは陰鬱で悄然としているようだった。相手の落胆の原因を聞き出すことはロシアの習慣ではよくある話だが、榎本相手ではそうはいかなかった。ベルグはすでにこの奇妙な数か月間の友情の中で、微細にわたる質問はある意味で榎本の個人的空間の干渉になるということをよく分かっていた。そういう質問には日本人はまことに慎重になる。身体に触られた時のように慎重になる。ある時榎本自身がベルグに語った通り、友人として肩を叩いたり、ロシア将校の間ではよくあるように長く会っていなかった友人と抱擁を交わしたりすることですら、日本人にとっては極度な〈干渉〉となるのだった。

数分黙した後、榎本はいつものように微かにかぶりを振り、視線を相手に向けた。

「ベルグ少尉補、ご存じかな。我が国はずいぶん長いこと諸外国に対して門戸を閉ざしていた。しかし今や我々は旅路の途中のみならず、家にいるときも欧州風の服を着ていることに慣れてきた。だが打ち明けておくと、軍服にしても平服にしても、余は欧州風より伝統的な日本流の軍服の方を好むのだ」

「ペテルブルグが閣下の祖国よりかなり寒くなってもですか？　キモノのお話とお見受けしますが。閣下、自分は、吹雪で海峡を渡るとんでもない風が吹く中、ペテルブルグの冬空の下で閣下がその上衣《ハラティク》でいらっしゃるのを見てみたいものです！　いえ正確に言えば、決して見たくはございません！」ベルグは笑って言い直した。「閣下のキモノの下は恐らく夏でもかなり風が通るかと……」

ベルグはまさに、寒さから「男の下半身」を守る必要性について軍隊でよく言われる話に持っていくべく口を開けようとしたが、そこで口をつぐんだ。下世話な軍人の小話に、デリケートな日本人がどう反応するだろう……。

「寒い時期に日本にあるのは着物だけではない、ベルグ少尉補。着物の下に、白いおおかたこのような仕立の腰巻を着用する――褌《ふんどし》と言うのだ。それに広幅の下衣を加えて身につけることもある――袴《はかま》だ。袴は騎行の際に着用する……ところで昔々、袴は将軍に謁見するに当たり必ず身につけることになっていた――床に引きずるように長いものをだ！　何のために袴が必要であったか言い当てられるか、ベルグ少尉補。少々教えてみせよう、特に将軍の前で必要だったのだ……」

「何というお尋ねでしょう！　大いなる謎かけです！　貴国のショウグンにとって床まで引きずる誰かの長いズボンがどう重要であったのか、想像もつきません」

「貴殿を困らせるつもりはない。そのような下衣を履いていれば、将軍を殺害するために突然襲いかかることは難しいと考えられたのだ。そして万一の時も、その企ての後に逃げ去ることは難しいと」榎本は笑った。

ベルグは一緒に笑いかけたが、今日の榎本の笑いはどこか暗いところがあることに気づいた。

このいまいましいアジア的な気質など、どこかへ行ってしまえ！　ベルグは心の中で罵った。どこかへ行ってしまえ！　明らかに快活でない友人がいるのに、その人を助けて肩を寄せるために気が塞ぐ理由を聞けないとは！　ベルグはわざと民族衣装に関する軽い会話を続けることにした。

「それはよろしいとして、エノモト閣下、日本の伝統的な服装は日常でも戦場にあっても充分快適ではなさそうですね。袖は広く、ハカマも幅広で長い。ここぞという時にもつれるのではありませんか？」

日本人は相手の顔にじっと目を凝らした。そして再び笑った。

「いつか、絵ではなく余自身で軍装をお見せしよう、ベルグ少尉補！　そうすれば、いかにして瞬時に闘いの準備ができるか分かって貰えるだろう。袴は一挙動で引き上げ、内から帯に挟む。袖は着物の中に通して張った襷《たすき》を使って一瞬にして短くし、引き上げる。大小を提げる、刃は上向きだ――だから鋭い手の内を鞘《さや》から直接出すことができる」

「ええ、ええ、確かそのように仰っておりましたね、エノモトさん！」

「貴殿は誠に聞き上手だ、弟子と呼ばせて貰いたい、ベルグ少尉補！　見るからに楽しそうに、余が話す日本のこと、日本の習慣や伝統のことを全て吸収し、細々と質問して余を困らせぬばかりか、余に我が国に対する誇りすら起こさせる！」

「お上手を仰います、エノモトさん！　ではもうお一人の好奇心溢れるお相手はいかがですか、皇帝陛下は？　陛下は随分頻繁に閣下をお招きになります。冬宮へ、ペテルゴフへ、ツアールスコエ・セローへ。陛下が明らかにお見せになる温情が、周囲の人間に異様な嫉妬を呼び起こしていること、どうぞお忘れなきよう！」

「ベルグ少尉補、余は誰にも自分との付き合いを強いることはないのだぞ。陛下にもだ。だが陛下におかれても貴殿同様、我が国やその文化が興味深いのだ。陛下は何時間もかけて余にありとあらゆることをお聞きになることがある。そこへ行くと皇后陛下は逆だ」榎本は声を落とした。「皇后陛下には、皇帝陛下と余の長きにわたる会話は明らかに重荷なのだ。皇后陛下は唇を嚙み、しばしばご機嫌を損ねられ、何かお考えになり出す……当初余は、こうしたしるしが自分によるものだと思い、皇后陛下がご自分と同じ机に別の人種と共にお座りになるのを好まれないからだと考えていた。このことに何か特別に注意を払いもし、宮廷には余り参上しない方が良いとの考えをお話しした」

「それで陛下は何と？」

「陛下は余をなだめられた。皇后陛下は重い病で、ご機嫌を損ねられたり机での雑談で注意散漫になられたりするのもただ病のためなのだと……。だがそれを言いつのることはすまい……。何の話をしていたのだったかな、ベルグ少尉補。ああそう、もし聞き手として貴殿と皇帝陛下を比べさせてもらうなら、貴殿に軍配を上げよう！」

ベルグは立って頭を下げた。

「恐れ入ります、エノモトさん！」

「いやいや、ベルグ少尉補、間違いなく貴殿だ！　我ら軍人同士、余は貴殿より幾分か年かさだが、貴殿といると皇族の方々の間にいる時には所在ないのと違って気兼ねせずともよい。貴殿には気ままに話をし」榎本はいたずらっぽく目を細めて立ち上がった。「話をするだけでなく、何かしら見せることもできる」

「恐れ入ります、エノモトさん！　ご好意、まことに心から有難く存じます。実を申せば、自分はサムライの慣習についてのお話を最も好んで拝聴しております。特に日本の剣についてお話しいただく場合――お話し頂きかつ目に見える形を添えて頂く場合には。ところでエノモトさん、厚かましいとは存じますが、剣をもう一度お見せ頂くわけには参りませんか？」

「むろんお見せしよう！」榎本は軽々と椅子から立って隣の部屋へ入って行くと、刀を持って戻ってきた。両手で持ったその刀は、白い絹の布切れに乗せられていた。「ベルグ少尉補、よく見て貰いたい。余がいかに剣を持ち、いかに貴殿に渡すか。欧州あるいは貴国でのように柄《つか》を持って差し出すのは、日本では侍にとって致命的な侮辱とされている。そのこと自体、果し合いの原因になるほどだ、ベルグ少尉補！」

ベルグは前回自分が歓喜に溢れてサムライの剣を見たときに、柄を持って突き出してうやうやしく持ち主に返したのを思い出してただ静かに息を吐いた。すると、ベルグはなぜか心底身が震えた。

榎本が笑って言った。

「思い出されたか？　いや、先には貴殿に果し合いを挑むつもりではなかったのだ、ベルグ少尉補！　貴殿が場に合わぬ振る舞いをしたのも、侮辱する意図あってのことではない、日本の習慣を知らなかった、無理もないことだ。我々が友人であるから許されるというだけだ、覚えておかれたい」

「恐れ入ります、エノモト閣下！」ベルグは固くなって頭を下げた。「ところで閣下が刀を包んでおられる布、それも何か意味があるのですか？」

「日本では全ての物象には意味と言われがあるのだ、ベルグ少尉補！　貴殿は余が刀の刃に被せていた布に注意を向けられたな。もしいつの日か我が国に来られるときのために覚えておいて欲しい。素手で刃に触れるのは、いや鞘ですら触れることができるのは、刀の持ち主だけだ。召使いは布か紙をかけてのみ刀に触ることが許されている。客人や友人にあってはもう少々複雑だ。客人や友人が刀を受け取るのも布をかけてだが、持ち主の許可があってはじめて刃の覆いを取ることができる。かつすぐに刀の全ての覆いを取ることは道徳に反すると考えられている。徐々にやらねばならぬ。まずは半分まで、続いてもう少し。こうして持ち主にも、刀を作った刀匠にも敬意を示すのだ。ところでベルグ少尉補、侍の刀は一振り一振り、数カ月かけて作られることはお話ししなかったかな？」

「伺っていないと思います」ベルグはかぶりを振った。「それも貴国の何かしらの習慣や伝承と関わりがあるのですか？」

「それにも関係している」榎本は微笑んだ。「のみならず鋳造、鍛造、続いて刃の加工、こうしたことの技術も誠に労を要する――この話はまた今度しよう――貴殿には面白かろう！

今日のところは……刃をよく見てくれ、ベルグ少尉補！　刀の刃渡りを貫いて走っている細い線が見えるかな？　ヨーロッパでは焼入れの線と呼ばれているが、日本語では刃紋《はもん》という。見えるか？　灰白色の刃は我が国では皮鉄《かわがね》というが、刃紋の後ろで鏡のごとく輝きを放つ。刀が二つの補い合う部分、焼入れをされた刃と、柔らかな粘り気さえ感じられる後ろの峯の部分とでできているように見えるかもしれん。だがそう思えるのは間違いなのだ！」

榎本はベルグの手から軽々と刀を取り上げると、鋼の部分に触れないようにして、刃紋を見せた。

「刀は一枚の鋼から作られるが、刃紋は刃の研磨と磨き上げの際、刃の硬い芯がより柔らかい鋼に〈覆われて〉いるところから表れる」榎本の声は単調で、その調子には仄かな旋律が感じられた。「こうした複雑な構造により、刀は大いに強度を増す。刀をもってすれば、たとえば武具をつけた敵の頭のてっぺんから足の先まで簡単に斬ることができる。あるいは鉄でメッキをした馬車の車輪も、刀は負けることがないばかりか、殆ど痕跡を残さず切れる。また刃紋を見れば、刀の作り手の匠の名前すら推測することができるのだ」

ベルグはもう一度丁重に日本の刀剣を受け取り、差し出した手にその重みを感じた。目で榎本の許しを請い、輝く刃を鞘から数回に分けて引き出し、まるで脅かすような、獣のようですらある目付きで吟味した。

「動くでないぞ！」榎本は刃に軽い布を投げかけて言った。「では刀を今少し傾けてみよ」

刃に沿って滑り出した軽い布が、違う大きさの二枚にぱっと切り裂かれた。ベルグはもう何度かこの〈手品〉を見ていたが、決まって感銘を受けるのだった。

「う……うむ」ベルグは刀を鞘に戻して、持ち主に差し出しながら唸った。「この剣は閣下の家宝でありますか？」

「奇妙に思えるかもしれないが、明確な答えを出すのは難しい、ベルグ少尉補。榎本家で最も古い刀は、我が父の長男に渡ることになっていた」榎本は物思いをしながら、何挙動かで刃を鞘から半分引き出した。「我が一族の刀は古来より、ある偉大な匠の内弟子たちによって作られた。偉大だからこそあらゆる人生哲学を信奉する匠だ。余の父はかつて、村正《むらまさ》の内弟子たちの手になる〈攻め〉の刀を兄に渡した。次男たる余には正宗《まさむね》の刀が渡された。〈命を守る〉刀だ。もしかしたら、これが運命の印だったのかもしれん。余は自分の刀を五稜郭の戦いの敗戦で失った。刀は戦勝者、黒田清隆司令官の手に渡った。随分後に今般の任務に余を送り出されるに際して、黒田少将は余が正宗を失ったことを思い出されたが、村正の刀を下賜された。……すまない、ヨーロッパの認識に照らすと複雑に過ぎたかな？」

「今のところ分かります」ベルグは日本の刀剣の流派にある種々の哲学について話の糸をつなごうと汗をかかんばかりになって呟いた。「閣下の〈守り〉の刀は、戦いの中で戦利品として黒田少将の手に渡ったのですね。閣下は恐らく戦勝者と良い関係を維持され、そして閣下を我が国へ遣わされるに当たり、黒田少将は、剣がなければ閣下はロシアで絶対に乗り切れないと判断された。かつ〈守りの哲学〉はロシアでは効力がないと考えられた。だから黒田少将は閣下に〈攻め〉の剣を下賜された。こういうことでありますか？」

榎本は腹の底から笑った。

「貴殿には日に日に仰天させられるな、ベルグ少尉補！　余の思考の本質を摑み取るし、結論もそう間違っておらん。そうだ、事実その通りだ。ただ、貴国には攻撃的な〈攻め〉の鋼しか効き目がないという貴殿の推論だけは短絡的にすぎる。少将が村正の刀を下賜されるに当たり、何よりも余のみならず貴国における余の任務全ての助けになるよう祈念しつつ考えておられたのは、余の人生哲学なのだ。分かるか？」

「今のは難しゅうございます」ベルグは正直に白状した。「エノモトさん、先ほどのゴリョウカクの戦いは、何かしら閣下の運命を変えたのでありますか？」

「そうだ」榎本は頷いた。「だがそれは余りに前のみじめな長い話になる。今は控えよう」

「閣下は未だかつて一度も戦いのお話をされませんでしたね」

「男子たるもの、この世に生を受けた限りは誰かといつか必ず戦うのだ、ベルグ少尉補！　たとえ一度であってもな……」

「それで閣下は敗戦のご経験があると……」ベルグは慎重に探りを入れた。

だが榎本の隙をつくのは難しかった。

「すべての戦には勝者のほかに敗者も存在する。そうではないかな？」

「もちろんです。日本には遠くない昔に内戦があったとお話し下さいましたね」

「それはどこの国にもあることだ」榎本は肩をすくめた。

「閣下はどちらの側でいらしたのですか？」

榎本は相手の顔を長いこと見つめた。ベルグは日本人がまた自分の過去の世界へ行こうとしていると思って黙った。だが沈黙は長くは続かなかった。

「この世はしきたりで成り立っているのだ、ベルグ少尉補。日本にはこんなことわざがある。勝てば官軍、負ければ賊軍」

「閣下は友人に対しても文字通り外交官でいらっしゃいますね」ベルグは笑って言った。相手が直接的な答えをうまくはぐらかしていることに、いささかの苛立ちを感じていた。

「既に話したが、余の戦いは余りに以前の、惨めな話だ。だが話がそれたようだ、ベルグ少尉補。貴殿は立派な注意深い聞き手になった。そして今日、単なる無駄話以上のものを得た。ヨーロッパの人々にとっては些か通常でない、日本の刀の底力をその目でご覧になりたいか？」

「閣下との一騎打ちですか？　臆病だからとお思いになられぬよう——だが望みません！　エノモトさん、どうかご勘弁を！」

二人は仲良く笑った。

「実のところ余は長いことこれをやってみたかった。今日、下男を市場へやって、この見せ物に必要な物を調達するよう命じておいた」

榎本は二回手を打ち鳴らした。一分も経つと、明らかに農民の出であろうという田舎じみた醜男《ぶおとこ》が、作業着姿で戸口に現れた。

「ステパン、スイカと、りんごを二つ持ってこい」榎本は命じ、笑顔でベルグの方を振り返った。「ベルグ少尉補、この見せ物は怖がりには薦められたものではないと言っておかねばならん。むろん貴殿のことを言っているのではなく、ずいぶんと余を騒がせたロシア人下男のことだ。別の面から言えば、この者の心配、戦慄とすら言うべきものは簡単に説明できる。平然と何事もなかったように主人に従うには、あの者は日本に生まれなければならなかったのだ」

戻ってきた下男に何事か命ずると、榎本はシャツの袖にゴムの輪を通して刀を手に取り、ステパンに向かって頷いた。ステパンはシャンデリアの紐に結びつけたばかりのりんごに主人が近づくと、ひらりと身をかわした。

「さて、ベルグ少尉補、貴殿はいつだったか刀というものが随分と重たく無骨な武器に思えると余に語ったことがあったな。両手で持つ長い柄が貴殿には手に余り、軽装備の機敏な敵を防ぎ難い十字軍の剣と比べさえした。確かに両手使いの剣は、振ることによる打撃の衝力を利用することを前提としている。だが侍は特殊な方法で両の手で柄を持ち、刀を操る――ヨーロッパとは違う。かつ刀の刃の重心が移り、柄の方というより先の方にあるのが分かるか？　侍がまさに狙った打撃を加え、狙ったところで刀を止める鍛錬が一通りあるのだ。また打撃の余力は次の動きに使われる。移った重心の潜在力を発揮させるのは、武人の全身を疲弊させるような長い鍛錬だ。見よ、りんごの赤い側面に注目せよ！」

榎本は立像のように直立し、自らの前に抜き放った刀の先だけに神経を集中させているようだった。そして突然、喉から気合を放った。ベルグは我知らず身震いしたほどであった。刃で空気を切る音が、空中に二回低く響いた。ベルグは刀が動いたのに気づかなかった。ぶら下げられたりんごから、最初に下半分が、次に赤い部分が脇から離れて落ちただけだった。そして榎本は、両手で刀を前に構えて、再び微動だにせず立っていた。

沈黙が長引こうとしていた。ベルグはたった今見たものを記憶の中で再現しながら、日本人が理解しがたい速さで二挙動の打突《だとつ》をし、同時に前と、そして横へも二歩進んでいたのを認めた。

「お見事です、閣下！」ベルグはそれだけ言うのがやっとだった。

「大いに結構《オーチンハラシヨー》！」榎本はこの短いフレーズを一語ずつロシア語で吐くと、くるりと下男を振り返った。「ステパン！」

「はい、ご主人様！」下男は十字を切って上衣を脱ぐと、息をつきながらゆったりしたシャツを捲り始めた。

シャツを取ると、ステパンは一言呻いて絨毯の上に仰向けになり、ロシア風の刺繍の入った手拭いを胸元に被せた。そして胸の上にすいかを置いた。もう一度息を吐くと、小さく臍《へそ》の上で十字を切って眼を閉じた。

「エノモトさん、お待ちを！　何をされようというのです?!」ベルグは尋常でない準備に不安になって言った。「正気でありますか？　エノモトさん、本当に、私はもう……」

ベルグは、黙ってその場を動かないよう命ずる取りつく島のない榎本の身振りを見て言い淀んだ。

「余の足元を見よ、ベルグ少尉補！」再びドイツ語に戻して榎本が言った。「できれば、刀の打突が前に出した足ではなく、後ろから引きつける足で繰り出されるのに注目せよ！　これが日本の剣術の極意のひとつだ、ベルグ少尉補！　ステパン、恐れることはない、動くな。動かなければ何もせぬ……」

　ベルグは今一度拒んでおきたかったが、突然別人のようになった友人の顔を見て、その場に立ち尽くした。

「果し合いの前に武人は心頭滅却し、刀を己の手の延長のごとく感じねばならぬ」榎本は低く呟き続けていた。「そうしてこそ敵を倒すことができる……」

　部屋の中に重苦しい沈黙が落ちた。ベルグは自分の身がいささか震えるのを感じた。奇妙な友人と仲違いする危険を犯して、この危険な〈娯楽〉を必ず終わりにさせようと決めたその時、榎本が喉から気合をあげてとんでもない速さで動いた。下男の周りでの短い〈舞踏〉は電光石火のごとき三回の打撃で終わりを告げた。と、ステパンの胸の上のすいかが、まるでひとりでに、ほぼ同じ大きさの六つに割れた。

「見よ、ベルグ少尉補。下男の皮膚にはひとつの傷もなかろう！　ステパン、ご苦労。今日のお前はなかなか天晴れだった。丁香油《ちょうこうゆ》と刀の手入れのための布を持ってきてくれ」榎本は絹の布で刀の刃を丁寧に拭い、鞘に収めると、まるで何事もなかったかのようにベルグの方へ向き直った。「刃にりんごとすいかの残滓が残っている。ベルグ少尉補、すまぬがしばらく席を外す。油で刀の刃を磨くのだ。さほど時間はかからぬ。ところで今日はペテルブルグの案内を続けてもらうことになっていたかな？」

「もちろんです、エノモトさん！」ベルグは咳払いして言った。「もしサーカスにおりましたら、間違いなく拍手喝采しておりました。しかし万が一お気を悪くしてはと思うと、すべきこと、言うべき言葉を知りません……。ただもう……お見事でございました、エノモトさん！」

「日本の刀の驚くべき潜在力と武人たる侍の精神の力をその目で見届けて貰えて満足だ。また後でその話をしよう、よいか？」

「もちろんです、エノモトさん！　もちろんです……。本日は何をご覧になりたいですか？　ああそう、そういえば——ブッフ劇場にはまだおいでになったことがないのでは？　遠くはございません。アレクサンドリンスキイ劇場の隣り、ネヴァ川沿いでございます」

　榎本は訝《いぶか》しげにかぶりを振った。

「ペテルブルグの似たような場所には行ったことがある。貴殿もご存じのように、余はロシアやヨーロッパの劇場文化に明るくない。こうした劇場では、何か余の知らぬ通俗的な軽喜劇の抜粋を演っている。余の理解を超えているのだ、ベルグ少尉補、すまぬ」

「それそれ、そこでございます！　ブッフ劇場のオーナーがペテルブルグ当局と話をつけて、今では簡単な劇を通しで見せることを許可されております！」[1]

「惹かれるな」日本人は言った。「その劇場、どこにあると言われた？　ネヴァ川沿い？　最近届いたペテルブルグの地図に載っていないか見なければならん」

「私が付いておりますのに、なぜ地図が必要なのです？」ベルグは馬鹿にされたような顔をした。「あるいは、付き人や案内人としてはご満足いただけませんか？」

「いやいや、そうではない、ベルグ少尉補。そうではない！　ペテルブルグで貴殿なしでどうやっていられよう？　ただ、余が言った地図は特殊なものなのだ」

榎本の着任直後に在ペテルブルグ日本国公使館に対して出されたロシア外務省の通達の一つは、外国人のしかるべき安全のために制定され、ペテルブルグでの外国人の行動原則の一部を規制するものだった。通達に添付された首都の地図には、夕方から夜の時間帯に訪問、滞在するには安全ではない区域に印が付けられていた。同じ地図上に別の色でペテルブルグの警察当局が時間帯にかかわらず外国人の安全を保障しない区画と通りが物々しく示されていた。

以前この地図を見て、日本人外交官は首都の周りだけでなくペテルブルグのまさに中心部に斜線で塗られた危険地帯があることに気づいて驚いた。なかんずくその一つは内務省の建物とペテルブルグ警察署長の公邸から文字通りひと区画離れたところにあった！　榎本は興味をそそられて地図を友人ミハイル・ベルグに見せ、この〈ロシアの逆説〉を説明するよう頼んだ。

「ああ、この場所はヴャーゼムスク大修道院《ラーヴラ》と呼ばれております、エノモトさん。公平を期して言えば、この掃き溜めは無辜《むこ》の大衆や外国人のみならず、警察自身にも安全でないので

1　一八八二年までロシアの演劇は国立劇場に独占されており、私立劇場のレパートリーは演芸、パントマイム、オペラやオペレッタ、戯曲の一部に限られていた。一八七三年にブッフ劇場を手にした演劇人のA・フェドートフはすべての演劇の上演許可を獲得した。

す」興味深げに地図を覗き込みながらベルグは説明した。

「しかしなぜこの掃き溜めを『大修道院』と称するのだ？」榎本は重ねて質問した。「ロシア語で大修道院《ラーヴラ》とは、修道士の住む何か神聖な場所を指すと思うのだが。修道院《モナスティール》のような……」

「いいえ、エノモトさん、この場合、大修道院の語は神聖とは全く逆の意味なのです。かつてそこに奇妙な家々が建てられ、後に倉庫や別棟が増築されました。そうした家々におびただしい数の人が密集し、社会のあらゆる廃棄物を簡単に隠すことができたのです。ついでに申し上げれば、そうした『大修道院』があるのは我が国だけではないはずです。この地が以前の所有者に因み『ヴャーゼムスキイ』の名がついております」

「よかろう！」榎本は引き下がらなかった。「では貴国の大河であるネヴァ川のほとりの大きな区画が地図の上で斜線で塗られているのはなぜだ？　余は朝、よくこうした区画の一つに沿って川岸を散歩する。そして川岸に路上生活者の小屋も捨てられた浮舟もないことを確認した。アムステルダムとは違う――アムステルダムではあらゆる廃棄物がごみごみと集められてもいる。ネヴァ川沿いに何の危険があるのだ？」

「エノモトさん、ご勘弁を！　自分は警察将校ではありません！」ベルグは笑い出した。「ですから、いかなる理由でペテルブルグの警察がネヴァ川沿いを外国人にとって危険と示唆しているのか知る術がありません。当地域の最大の危険は『ネヴァの出汁《ウハー》』愛好家だと推測するのがせいぜいです。食堂とか会所、その他享楽的な場所で明け方まで過ごす夜の遊び人をそう呼びます。そういった場所が閉まると、遊び人達は徒党を組んでネヴァ川へ出かけ、漁師を雇って釣果を買うのです。水揚げされた魚を煮出して岸辺でスープを取るのですが、それをロシア語で『出汁《ウハー》』と申します。遊び人達はそれをフランスのシャンパンと共に食し、夜まで眠りにつくため別れ別れになるわけです」

「分からんな」日本人は正直に言った。「そういう悪気のない放蕩者どもがどんな危険を犯そうというのだ？」

「すべての人間が悪気がないというわけではないのです、エノモトさん！」ベルグはため息をついた。「ネヴァ川の岸辺で取引を終わらせる、本物の悪者がいるのです。鉄道の委託業務ひとつ取っても大変儲かる商売だそうです。何十万という金が手渡しで動くので、その金を守るための警護もとにかく必要なのです。そうなると商人が雇うのはやくざ者です。一方、人気のない岸辺では値段が折り合わないことがままあります。あるいはある商人が別の商人に不正取引の嫌疑をかけます。警察に訴えることはできません。警察では取引の詳細を話さなければならないからです。取引の詳細は往々にして非合法です。そうなるとやくざ者の出番となるわけです……。下名の将来の岳父が——本人は鉄道省に勤務しておりますが——語ったことがありました。今夏だけでも二件か三件の撃ち合い事案があったのだそうです。そういうわけでエノモトさん、我が国はあらゆる芳しくない事件から、閣下をお守りしているわけでございます……」

「まるでアメリカのようだ」しばらく黙した後、榎本は呟いた。「余の友、ジュール・ブリュネ大尉が、北米の移民の子孫が癇癪持ちであることについて何度も話していた。何かあると人民が拳銃に訴える……家でも、通りでも、あるいは銀行で……」

「ジュール・ブリュネ？　フランス系の名前とお見受けします。閣下はその者と恐らくこの春パリでお知り合いになられたのでしょう。その者はアメリカにいたことが？」

「ブリュネは様々なところにいたことがある、ベルグ少尉補」日本人は話をそらした。「アメリカにも、日本にも。いや、古い知己だ、ベルグ少尉補。ところで、ロシアの習慣の話をしていたのだったな……」

ベルグは自分の友人の癖に慣れていたので、榎本はたまたま口にしたフランス人について喋りたくないだけだと分かって、前の話にたやすく切り替えた。

「それで我が国のご立派な警察組織は、大事な日本の客人にさらに何を言って聞かせているのです？」地図に目を戻してベルグは聞いた。

「ほかは理解できる、ベルグ少尉補。高額の金を持ち歩くな、最小限の投資で大儲けを約束するような、見知らぬ人間の怪しい誘いには用心せよ。怪しげなご婦人方に関してすらご要望があるらしい」榎本は微笑んだ。「いかなる時も、信頼に足る者の紹介なしにそうした婦人方と近づきになってはならない。ペテルブルグに何箇所か所在する『慰安宿』の一覧まで添えられている。そこの女性たちは点検を受け、きちんとした人々に対して乱暴狼藉を働くことは絶対に許されていないのだ」

「ははは！　エノモトさん、なぜ私にその表をお見せくださらないのです？」ベルグは浮き足立った。「さぞかし面白かろうに……」

「貴殿には約束した人がいるからだ」榎本ははぐらかすように言った。「しかし真面目な話をすれば、貴殿はそのような宿では受け入れられないだろう。向こうは貴殿に関心はないだろうからな。そうした宿で働く者は、大抵貴国の外務省の金で雇われている。そして体の慰みにも、ましてその収入にも心動かさず、外交機密に関心を寄せる。ところでブッフ劇場の話だったな、ベルグ少尉補？」

「ええ。ときに当劇場ではパリのオペレッタの一流スター、オルタンス・シュネデールの公演の二週目に入っています。[1] 彼女の初演を見られるのは、外交官の身分たる閣下だけでしょう。ただ、今日については定かではありませんが……」

日本人は幾分考えて、提案を出した。

「今日のところは決まった目的は持たず、街を行くだけにしよう」

「オペレッタをご覧になりたくないのですか？　お好きなように！　自分はいつでもお世話する準備ができています。馬ですか？　馬車にされますか？」

「馬車だろうな。軍服を着ているとかしこまりすぎる。かと言って和服を着て二本差しでは

1　オッフェンバックの「オペラ・ブッフ」の天才スターがロシアに巡業にきたのは世界的な名声の頂点にあるときだった。ペテルブルグでは全ての花が到着の二週間前に売り切れ、宝石職人たちはシュネデールのブローチ、ブレスレット、そしてダイヤモンドをあしらった金の笏まで制作の注文に応えた。ペテルブルグのワルシャワ駅では箱馬車の馬の代わりになってもいいという特別なファンの一団がこのプリマを出迎えた。

異国情緒に余る。着物で歩くと常に、余が貴国の首都を見ているのでなく、貴国の首都に見られているような気になる」榎本は微笑んだ。「貴殿は今日は平服のようだな！」

榎本は手を打って下男を呼んだ。こうした時に使う鈴に榎本はロシアの首都に赴任して数カ月経っても慣れていなかったし、慣れようと思ってもいなかった。馬車についての命令を言い渡すと、榎本は客人に断りを入れ、着替えるために席を外した。

友人を待ちながらベルグは自分の平服のことを考え、誰かがキリディシェフ公爵に大隊の将校が軍服着用に関する厳命に大きく違反したと告げた場合の上からのお咎めを想像して内心逡巡していた。近衛将校が平服で街路および指定の場所を歩けるのは、外出証を持った場合か海外のみだった。

宮廷河岸通りに面した在露特命全権公使公邸の玄関に出てすぐ、ベルグは暗くぴたりとカーテンの下りた角部屋の窓にちらりと目をやって尋ねた。

「部下の皆様はいかがお過ごしですか？　ウラタロウ中尉はお変わりありませんか？　またアシカガ中尉には自分はそもそもしばらくお会いしていないように思いますが」

「お気遣い感謝する、ベルグ少尉補。志賀浦太郎中尉は変わりない。ロシア語の面で大きな進歩を見せ、目下交渉において大いに余の助けになっている。足利留夫中尉は、交渉には直接参加しておらぬ。中尉には……別の任務があるのだ。実のところ、余も数週間中尉を見ないことがある」榎本は苦笑いした。「近々しばしペテルブルグを離れ、ヨーロッパへの派遣に出るようだ」

「『ようだ』？」ベルグは驚いた。「閣下の同僚にして部下である人間が、公使館を、任地を離れようと言うのに、外交団の長がそれを何もご存知ないというのですか？」

「足利中尉は数日後に短期間ペテルブルグを離れる。それだけだ。余に何の知る術がある、ベルグ少尉補」公使は再び取ってつけたように微笑んだ。「ベルグ少尉補、貴殿も士官ならば知っていよう。受領した命令にはとやかく言わないことだ！」

「よくよく分かっております」ベルグは丁重に頷いた。「しかし失礼ながら、自分の驚きは別のところにございます。貴国の公使館は、そうは申しても他国の大使館同様、外務省管轄下にある。そうではございませんか」

「我が国では外国官と呼んだがな」榎本は柔らかく訂正した。「とはいえ指揮命令系統は同じ、貴殿の言うことは間違っていない。貴殿の衝撃というのは、外交団員の一人が、その長も知らぬ任務に就くことにあるのだろう。しかし外交とは一筋縄ではいかぬものだ、ベルグ少尉補！　日本の刀が作られる鋼の合わせに例えられる。地金は一つだ。だが、鍛造、焼き入れ、仕上げ、そして磨きという段階を加えることで、一打にも様々な能力を与えることができる……」

「目に浮かぶような、随分と詩的な例えです」ベルグは褒めた。「ですが、刀を作る武器職人は、刀作りの一つ一つの細かい技の極意を習得していなければならないでしょう！　どのような刀が出来上がるのですか、もし刀鍛冶の助手が……」

分かりやすいたとえを探しつつベルグは額に皺を寄せ、指を軽く動かして押し黙った。榎本はやって来た公使用の馬車に友人を誘いながら笑った。

「貴殿も詩人だな、ベルグ少尉補！　そればかりでなく、賢く鋭い。馬車に乗りたまえ！　道々その話をしよう」榎本は最後の文をほとんど口ごもることなくロシア語で発した。

「我が国にいらっしゃること四カ月、ロシア語の習得において大きな進歩を遂げられましたね」ベルグは褒めずにいられなかった。「お世辞とお取りになりませんよう、しかし閣下のロシア語は閣下の通詞に並ぶほどでしょう」

「そうだな、ベルグ少尉補。余は貴国でまことに多くを会得した。ただどうしてもできぬことがある。複数の質問に即座に答える技だ」榎本は口の端で笑った。

「どうぞご寛恕ください……」

「ベルグ少尉補、貴殿はロシア系の血筋ではないが、やはりこの習慣があるだろう。とはいえ、まったくもって許せる範囲だ。いちどきに複数の質問をする。それで足利中尉についてだ……。足利中尉の根底にあるのは日本の氏族制度だ。足利中尉はその出自から言って、余とは全く相容れない一族の出身だ。馬鹿げた話だ！　このことは我が国の別の慣習をもってすれば完全に無にできる。階級と法の遵守だ。さらに悪いのは別のことだ。足利中尉の直接の上官は、余と敵対した側の首班なのだ。にもかかわらず、この上官は余を露国公使に任命するよう天皇陛下に進言した。さようなことができるはずはない、してはならない——それなのにやった！　何故だ？　この問いは、任命のその日から余を悩ませている！　足利中尉は、上官である西郷隆盛陸軍大将の目であり耳であるのだ。時として足利は、致命的な打撃を加える前に虎視眈々と、泰然自若として獲物を狙う蛇のように映る。しかし余には分からぬ。一体奴は何を待っているのだ」

「もしや閣下の敵は交渉における閣下の失態を待ち受けているのでは？　あるいは、閣下が必ず貴国の国益を損なうのではと疑っている……」

「もしもそのように疑うなら、そもそも余に公使就任命令は下らぬはずだ、ベルグ少尉補。違う、何か別のことだ……。しかし一体何だ？」

「しかしエノモトさん、もし最初からそういうことなら、閣下はなぜロシアへ来られることに同意なさったのですか？」

「悪く取らないで欲しいが、ベルグ少尉補、日本人を理解するには日本人にならねばならぬ。余はヨーロッパの上官が命令や号令を出す際、常にその理由付けをしているのに気がついた。我が国ではそうではない。命あらば実行する。動機については、自身で指揮官の究極の目標を察せねばならん。だがいかなることがあってもそれを聞き出すことはまかりならん」

「ふぅむ……では確実に死ぬと分かりながら、上官が断崖絶壁から飛び降りろと部下に命令した場合は？　やはり上官にそのような命令の理由を尋ねることは許されないのですか？」

「忠実な部下は問い返すことなく飛び降りる。賢明な上官ならば、考えることなくしてそのような命令は下さぬ」

ベルグはやや黙して、かぶりを振った。

「ということは、そうはいっても貴国では命令服従と遂行は盲目的でないということですね。

部下は忠実であるべし、上官は賢明であるべし……」

「我らが生きている世界は、常に調和している。だがその調和は隠れていることがあって、自ら見極めなければならん……。いやこの話は終わりにしよう、ベルグ少尉補！　余の陰鬱な気持ちに巻き込んで悪かった。二度とこのようなことはしない」

「いつか自分は閣下の哲学を完全につかみ取ることもあるかもしれません。しかしどうかそのようなお約束をなさらないで下さい！　我が国では真の友人はいつでも手を差し伸べる準備ができています！　自分の迷いを話し、重荷も嘆きも分かち合うのが友人でなくて誰なのでしょうか。諺《ことわざ》さえあるのです、『苦難の時の友こそ真の友』。いつでも自分を頼っていただいて構いません、エノモトさん！」

「感謝する。すぐに貴国の習慣に染まれるか心許《こころもと》ないが、しかし心から有難く思う、本当だ！　時に……御者がそろそろ我慢ならんという風だな、ベルグ少尉補！　今日の目的地を告げてよいか？」

「もちろんでございます！　今日はどちらへ行かれたいですか？」

「ペトロパヴロフスク要塞に行ってみないか？」

「ええ、喜んで！　閣下は我が国の客人です。皇帝陛下が目をかけられた高位の客人です。どこなりとお好みのところへ参りましょう！」

榎本はステッキの柄で馬車の上の小窓を開け、御者に短く命令を下すと、ベルグの方へ向き直った。

「ロシア最大の牢獄へ行くぞ、ベルグ少尉補！」

「仰せの通りに……。ところで閣下は既に陛下と共にペトロパヴロフスク要塞をご訪問になったと新聞にありました。再び同じ場所へ……？」

「陛下とはピアノの演奏会を聞きに要塞へ行ったのだ。あの場所にあのように素晴らしい音響効果があるとは思わなかった！　貴国でロシア海軍の父と言われているピョートル大帝の小舟に見惚れた。造幣所を訪れる幸運にも恵まれた――あそこの宝物庫は部外者は立ち入れぬそうだな！　陛下は、造られたばかりでまだ熱い金貨を下賜されもした」榎本は襟口から細い鎖に下げられた金貨を引き出してベルグに見せた。「実を言えば余はあの時、ロシアで最も恐ろしいとされている牢獄の方をより見たかったのだ……」

「うわぁ……聞いただけで芯まで凍りそうです」ベルグは首を振った。「あれは政治犯、国事犯の牢獄です。なぜそのようなところへ？　とはいえ……」ベルグは手を振った。「もし閣下が日本の牢獄を頭に叩き込んでおられるなら……。それで陛下は何と？　新聞は半月堡牢獄のご訪問については何も言っておりません」

「あの時は監獄には行っていない。陛下は時間がないと仰った。実のところ、そのような場所に行くのは皇帝陛下にとって適切ではないと見えた。しかしその時アドレルベルグ宮内大臣が、余が望む時にはいつなりとトルベツキイ稜堡の牢獄に通すべく特別命令を下すと請け合ってくださった」

「なるほど、確かめてみましょう」ベルグは不審そうにかぶりを振った。

道々ベルグは日本の礼儀について考え続け、同胞であったら誰でも、いやそれどころかヨーロッパ人とでも、恐らくもうとっくに「俺、お前」の仲になっていて、友人として互いに名前で呼び合うよう提案していただろうと忌々しく思った。しかし日本人相手では全くそうはいかなかった。ベルグをロシアでのほかの新しい知人の中で明らかに区別しながらも、榎本は一度ならずベルグに招かれた内輪の小さな宴においてすら距離を保ち続けていた。

まもなく、公使の馬車の車輪はペトロフスク橋[1]の丸石の上に鳴り響き、ヨハノフスキイ半月堡のアーチ型の門の前で止まった。

ベルグは馬車の自分の側の窓を下げ、衛兵に叫んだ。

「日本国特命全権公使閣下だ、要塞司令官にお目通り願う！」

重たい門がゆっくりと、嫌々ながらというように開くと、馬車の踏み台に衛兵将校が飛び上がり、道を示した。馬車は兵器廠とペトロパヴロフスク大聖堂の近くを過ぎて、要塞司令官用の建物の車寄せで止まった。衛兵将校は踏み台から飛び降りて、玄関で待ち受けていたコルサコフ要塞司令官の副官に挙手の礼をした。

「どうぞ！」副官は両開きの扉を開け、ベルグを横目で見た。「貴官は……お目にかかったことがないようだが――外務省関係者でいらっしゃるか？　前もって面会時間を知らされていないが、要塞司令官コルサコフ騎兵大将殿は今お見えになります……。司令官応接でしばしお待ちを！」

司令官登場には長くかからなかった。待つことしばし、扉の後ろに拍車の音が高らかに響き、ニコライ・アンドレーヴィチ・コルサコフが姿を現した。公使の要望を聞いて、大将は喜んだ顔をせず、もじゃもじゃの眉をひそめさえしたほどだった。だが宮廷から受領した国事犯用牢獄訪問を許可する命令が絶対的なものだったのだろう、司令官は反論しないことにした。ベルグも随分と尋常でない見物に楽しみは覚えなかったが、この日平服で散歩に出かけようと思いついたことだけは満足だった。大将も副官も、公使と一緒にいるのは外務省の誰かしかいないと思い込んでいた。近衛工兵大隊の下級将校たる者、大将にお目通りかない、牢獄に入ることを許されるはずはないのだから。

「ええ、もちろんです……。むろん余りないご要望ではあります。だが、いわゆる異議申し立てする立場にありません、お二方……。私が看守のところまでお連れしましょう。道々、我々の牢獄と言われるものの歴史を簡単にお話し致しましょう……」

大将は、エカテリーナの堤に沿って客人を連れて歩いた。

「かつて囚人たちは要塞を囲むこの堤、つまりトルベツキイ稜堡の壁近く、造幣局の作業場の一階建の建物に起居していました」コルサコフは言葉を区切りつつ、まるで習い覚えた授業のように語った。「これは警備の者を配置するのにかなり都合が悪かったのです。一八六〇年代の終わりに自分が総技術局に入り、監獄としての必要性からこの稜堡に独房を設置するべく提議しました。この取組みの結果、トルベツキイ稜堡の内側の壁は取り壊され、そこに

1　橋は一八八七年までペトロフスク橋と呼ばれていたが、後にヨハノフスキイ橋と名称を変えた。

二名の軍の技師の設計により、新しい五角形の牢獄の建物が建てられました。正式には『サンクト・ペテルブルグ要塞内アレスタンツキイ収容所』と呼ばれています」

「牢獄の建物はご覧の通り二階建てです」大将は縞模様の木造の見張り小屋を付けたアーチ型の入口のところにしばし止まって続けた。「中庭は囚人の散歩用のものです。風呂もあって、月に二回入ります。建物内には独房のほか、歩哨の部屋があります。看守の居室も設置されています。独房をご覧になりますか?」コルサコフは突如榎本をまっすぐに見て言った。

「もし可能なら」榎本は頭を下げた。

「分かりました。現在のところ空いている独房もあり、そこなら確実に見学可能です」大将は頷いた。「入室者がある独房は、囚人監視のための特別な扉の開口部を通してご覧いただけます。囚人との接触は特別な許可を受けた者のみに許されていますので、絶対にできません。また看守、歩哨に対し、囚人の名前、職歴、犯罪歴、また刑期に関する質問もされないようお願いします。そうした質問にはお答えできません、閣下。申し訳ありませんが……」

コルサコフが牢獄の内部に通じる道を警護している番人に合図すると、番人が扉を開いた。

「どうぞ!」要塞司令官は脇へ寄り、来訪者を先へ通した。「今、看守とお引き合わせします。可能なもの全てお目にかけてくれましょう。自分は残念ですが、多用につき失礼します」

中庭ですでに二人を待っていたのは、高位の来客について知らされていた、牢獄監督局の軍服を着た看守だった。名乗りはせず、彼は軽く頭を下げて手招きをした。

「一階には独房のほか、兵器廠、哨舎、囚人の面会室、台所、種々の業務のための部屋があります。何からご覧に入れましょうか、お二方？」

見学は職員の部屋から始まった。榎本は看守の後をついて弾むような足取りで歩き、瞬きをしながら周りを素早くじっと見て、ほとんど質問をしなかった。ベルグは思いがけず話に上ったこの見学をいやいや承諾したのだったが、牢獄ではまったく落ち着かなかった。一階の見学は図書館で終わり、ベルグはよそよそしい顔つきをして言った。[1]

「閣下、ご異存なければ、自分は二階には行かずここでお待ちします」

榎本は笑いかけたが、反対しなかった。所長も逆らわなかった。歩哨の一人に目立たぬよう合図をしただけだった。その歩哨がベルグと共にそこに残り、扉のそばの椅子に静かに腰を下ろした。

ベルグは本棚に沿って歩き回った。手すさびに何冊か本を抜き取ってページをめくってみたが、図書館の本などによくある書き込みが全くないことにちょっと驚いた。するとベルグの心を読み取ったかのように見張りの将校が声をかけてきた。

「囚人は本に書き込みをすることや印を残すことを一切禁じられています。爪の跡すらもです。そうした書き込みが見つかった場合、囚人は半年にわたって図書館の利用権を失い、書き込みをされた本は規則により焼却されます」

二十分ほど経って、榎本と同行の看守とが図書館に戻ってきた。

1　兵器廠とは囚人の着替えを収納し牢獄の職員が休憩するための業務用の部屋。要塞の牢獄の一階にあった兵器廠には囚人用の図書館もあった。哨舎とは武装した衛兵と戸外の警護の休憩場所。

「長らく待たせて悪かった」榎本は友人に対して、自分がされたようによそよそしく話しかけた。「看守殿、貴国の監獄施設をこの目で見る機会に預かれたこと、感謝申し上げる」

「閣下のご命令どおりにしたまでです！」看守はそう言って頭を下げた。「皆様、もし要塞内にほかにご関心の向きがないようでしたら、歩哨が馬車までお送りします。それではこれにて」

馬車が車輪の音を響かせてペトロフスク橋の石畳を通り過ぎ、街へ入った時、ベルグは耐えきれなくなって自分の側の窓ガラスを下ろして開け、思い余って頭を外へ突き出したほどだった。

「うーふ、なんて開放的な自由な空気でしょうか、エノモト閣下！　感じられませんでしたか、我々白日の下に生きる者にすら、監獄の壁や空気そのものが重苦しい雰囲気でした！　閣下にとってあの陰鬱な見物が一体全体どうお役に立つのか、考えもつきません、本当に！　ペテルブルグには、まだご覧になっていないもっと楽しい、もっと面白い場所がたくさんあるのですよ！」

榎本はステッキの上に交差させた手に顎を乗せていたが、ベルグの方に向き直った。ベルグは今回が初めてではなかったが、典型的なアジア人の表情に乏しい顔がいかに表情を帯びうるかに驚いた。今、その顔には――ベルグは誓って言えた――島国日本の一切の悲しみが集中していた。

「我が祖国には古い言い伝えがある。一語ずつ翻訳することは敢えてせぬが、意味するところを伝えよう」榎本は、まるで思考をかき集めるように黙った。「友人と共に祝い心楽しい声を聞くとき、この世には聞こえねばならない死者たちの歌があることを忘れるな。それを忘れた者は、生きている限り永遠にその歌を聞く運命となる……。かような静寂が要塞監獄の廊下にあったこと、覚えているか、ベルグ少尉補？」

「ええ、それはもう……。静けさに耳を塞がんばかりでした！　見張りの者の足音すら、至る所に敷き詰められた縄の筵《むしろ》の上で響き渡っていました。見張りの者も独房から独房へ、二人組になって廊下を歩いているのにもお気づきになりましたか？」

「むろんだ。それについて看守に尋ねもした。あの二人組の下士官の一人は実戦部隊の者で、もう一人は憲兵だそうだ。囚人を監視すると共に、互いを監視しているのだ……。貴殿が余と共に二階に行きたがらなかったのは残念だ、ベルグ少尉補！　二階では確実に静寂はさらにもっと際立っていた。さらに余は空の独房に数分間一人で置いてくれるよう頼んだ――囚人の立場になってみたかったのだ……。数分間独房に座っていると、無性に周りの静けさに耐えられなくなり、実を言えば扉に走り寄った。で、想像してみてくれ、その扉に錠が下りていると分かった時の気持ちを！　余は扉を押してみた、引いてもみた。誓って言うが、ベルグ少尉補、その瞬間余は監獄の扉がどちら側へ開くか忘れてしまったのだ――扉を両の拳で叩いたが、返ってくるのは静けさばかり……。一分後、扉が開き、看守が余の顔を見て謝罪した。見張りの者たちがその時、本物の囚人が座っている隣の扉の向こうから何やら不審な物音を聞きつけた。だがその一分間は、余には百年にも思えたのだだのだ！」

「ええ、ですから申し上げているのです――いったいなぜその緊張感、その体験を？　ジプシー劇場にでも行ってみますか？　気を紛らわせませんか？」

「すまんな、ベルグ少尉補、だが今日はそんな気になれぬ」

「朝から牢獄を歩き回って、いい気分になるものですか」ベルグは断じた。「いえ、真面目な話、ジプシー劇場はいかがですか？　折り紙付きの、我が国の憂さ晴らしですよ、エノモト閣下！　そうそう、十二月に自分の結婚式にお招きします——ロシアのもてなしの限りをご覧頂けますよ！　シャンパンの川、トロイカの競争……。婚約者にも必ずお引き合わせしましょう！　パリで初めてお会いした時のこと、ご記憶ですか、エノモトさん？　マスター・ウォルトで。閣下は軍服をご注文、自分はナステンカの言い付けを実行してフランスの洒落た新作を探していた。なんと心地の悪い、モスリンや腰あてやのあれこれ……。でも何ともしようがない——固めの契りを交わした後、自分にヨーロッパ行きの命令が出たと知ったナステンカときたら、喉元にナイフを突き付けるように言ったものです。『ああパリだわ！』『お洒落な帽子だわ！』ロシア将校が女性の服の山に潜り込むなどふさわしくないと彼女を説得しようとしたが、もうどうしようもない！　でも、ものは考えよう——それで閣下とのご縁が降ってきたのですから！」

「何かあったら、余は貴殿を思ってまことに心が痛むことだろうな」まるで相手の話を聞いていないかのように、突然榎本は口にした。「たった四、五カ月の縁だが、貴殿とはもう長いこと知り合いだったような気がする……」

「おお、何ということを！」ベルグは忌々しくなって膝を打った。「もう葬式のご準備ですか。

自分の身に何が起ころうと言うのです？　戦争は幸いにも当分起こりそうにない。かつ陛下は閣下にたいそう好意的に接される。そして閣下はあらゆる苦境から自分を救い出して下されるでしょう。自分が求めさえすれば！」

「だが陛下は余には親しくして下さるが、貴殿のことはご存じないだろうからな」榎本はため息をついた。「不穏な行く末のことを話したのは、余自身のことだ」

ベルグは聞いたことを噛み砕きながら黙った。そしてとうとう意を決して言った。

「閣下、お聞き下さい。今しがた、自分に温情があるとおっしゃいましたね。なのに閣下はどうしても自分を近づけて下さらない、なんということ！　日本ではどうか分かりませんが、我が国では友人はいつでも互いに助け合うのです――前にもそう申しました！　助け合うからこそ友人なのです。まして我々は軍人同士です。違う君主に仕えているだけで、同じ集団に属している！　閣下はここ最近何かに思い悩んでおられるのが分かるのです。どうぞ友人に打ち明けて下さい。お力になれるかもしれません――動けないとしたら、ご助言はできる……」ベルグは突然思いついた。「閣下の嫌なお気持ちと胸騒ぎは、アシカガ中尉の突然の出立に何か関係しているのでしょう！」

「貴殿は本当に察しがいいな！」榎本はベルグの方に向き直り、嬉しさに肩を叩こうと手を差し出しさえした――が、思いとどまり、ただ自分のフロックコートの襟から見えない埃を払い落とした。「心からの助力を申し出てくれて感謝する。我が国では、高貴な者は友人のために命すら惜しまないと言う。ああ、余は貴殿を我が国の内情に関与させることはできぬ、またその権利も持ち合わせぬ。すまない。貴殿の結婚式だが、ご招待感謝する。状況が許せば必ず出席しよう。だがベルグ少尉補、助言させて貰おう。そして我が国の決まり文句を紹介させてもらおう。『明日のことを言えば、天井で鼠が笑う』というのだ」

「ねずみ？　なぜ急に鼠が？」

この日、ベルグは日本人の友人の胸襟を開かせようとありとあらゆる手を尽くしたが、全て無駄に終わった。微に入り細にわたり尋ねたことで気を悪くさせたような気がして、ベルグは致し方なく諦めた。そして日本人外交官の憂鬱を探り、必ずこの人を助ける方法を見つけようと自分に言い聞かせた。

午後、公使公邸の玄関で榎本と別れ、ベルグは辻馬車を呼び止めて、工兵地区の自分の大隊兵舎近くにある官舎まで走らせた。

宰相ゴルチャコフと外務省アジア局長ストレモウホフは、会議場へ通じる長い廊下を歩いていた。日本国公使との定例会合が始まるまで約十五分あり、とくに急ぐ必要はなかった。それでも外相は長年の速足の習慣に忠実で、官位の離れた上司に並んで規定通り――つまり左の一歩後ろを――随行する者をまるでその悠然とした歩みをなじるようにいらいらと見やることがしばしばであった。

この件についてはもう先から外務省の廊下に意地の悪い小話が出回っていた。「リツェイスト[1]が、いつだって走り回っているらしい。自分は年月には左右されないと立証したいがために」。

それでも年月は物を言った。年齢からくる外相の不注意と癇癪のせいで、時折ロシア政府は大事な国際会議の場で随分と高い代償を払わされることがあった。しかし、アレクサンドル二世の心からの温情と〈帝国の遺物〉に対する変わらぬ好意的な態度とによって、ロシア外務省という聖域からゴルチャコフを追い落とそうという羨望者と陰謀者の試みは根絶やし

1　外相であるゴルチャコフ最高公爵はアレクサンドル二世の政府で最高齢の一人であって、プーシキンと共にツァールスコエ・セローの貴族学校《リツェイ》卒業であることに非常に誇りを持っていた。「リツェイスト」は、ロシア帝国外務大臣の数あるあだ名のひとつであった。

にされていた。じっさい最高公爵の知恵は依然として衰えるところを知らず、数十年で鍛えられた記憶が怪しくなることは稀であった。

さてこの日もピョートル・ニコラエヴィチ・ストレモウホフは――これも宰相同様ツァールスコエ・セローのリツェイ出身であったが――上司のせかせかした足取りによって外交儀礼の色褪せない原則のひとつが破られ、定められた時間より前に日本国公使との定例会合に姿を表すことになるかもしれないとは全く危惧していなかった。宰相は廊下をせかせかと〈走る〉中で、ちょいちょいと立ち止まって省内の各部局長の執務室を覗くことで時間を稼いだ。それでも二人は会合開始の十分前に「交渉の間」の近くまで来て、ブレゲ時計が鳴り響くと、宰相はアジア局長を伴って会場に隣接する休憩室に入った。

「さて、と。ストレモウホフ局長、そなたとは全てよく話し合い、全て推定し尽したということだな。エノモト氏は我らの申し出を裁定したかな?」

「それはもう、閣下!」ストレモウホフは覚悟して、余白に無数の書き込みをした外国の新聞の切り抜きを詰めこんだ紙挟みを見せた。

「分かっておる、分かっておる。そうあくせくするな」ゴルチャコフは頷いた。「暗号局には寄ってきたか? ドルマトフのところに」

「朝いちばんで、外相殿! ドルマトフ三等文官殿は日本の友人に不平を言っています」ストレモウホフはわざと短く笑った。「我が国滞在中、エノモト氏が日本へ送った電報は、たった六通きりです。かつその六通とも平文《ひらぶん》で暗号なしです。到着の報告、我々と調整した交渉日程の通知、各会合の結果の報告、ごく簡潔なものです。どうやら我らが提示した解決案は国内の関心を引かなかったようです。電報の一通は皇帝陛下がエノモトのために催されたきわめて友好的な歓迎の宴の報告に使われておりました。自身に対する陛下の関心について申し述べ、クロンシュタットへの陛下のお招きについて書いております。二週間前、公使は交渉経緯の報告と考えざるをえない文書の小包を特別郵便で日本国外務省へ送っております。が、全くもって通常の話です」

「とすると、何も変わったことなしか……」

「一通のはなはだ興味深い電報を除けばの話です。日本国公使館のアシカガ書記官が最近パリから送った電報です。閣下、すでにアシカガが一週間前に突如公用で我が国からアントワープへ発ったことをご報告致しました。日本の要求による軍艦建造に関する当面の問題の処理のため、オランダの造船ドックに行ったと説明されております。しかし、監視の結果、アシカガはオランダに留まらずパリへ向かい、そこに何日か滞在したとのこと。そこからアシカガは奇妙な電報を送っております。東京へではなく、カゴシマのどこぞの織物商へです」

「ほうほうほう……。で、何と？」

「通商諜報員のごくごく通常の報告では、そこで何かしら購入したと。ところでドルマトフ氏は万一に備え、日本の我が国公使館に対し、このカゴシマの商人について慎重に照会をかけるよう依頼しています。今のところ返答はありません。だがパリから興味深い報告がありました、ゴルチャコフ外相！　アシカガの監視を実行するにあたり、フランスの調査員たちは、アシカガの監視はすでに手配され開始されていたことに気づいたと言うのです！」

「なんと不可解な！　誰が手配した？」

「それは明らかにできなかったのです、外相殿！」ストレモウホフは両手を広げた。「フランス人どもは尾行の事実を突き止めましたが、我が国の海外警備局が全くフランス人どもを信用せず、保険を掛けただけだと考えたのです。そしてアシカガの監視は、専門家に言わせれば隙だらけとなりました。体裁だけのようでありました」

「その者のパリ行きは徹底的に暴かねばならん、局長！」再びブレゲ時計を取り出し、時間を合わせながらゴルチャコフは命じた。「あるいは本当に馬鹿げた話かもしれん。覚えているかもしれんが、春に我らの眠りを妨げた、軍服の仕立てに関するあの空騒ぎのような。だがもしかすると事はもっと深刻かもしれん、明らかにせねば！　だが今は行こう、十二時までもうあと二分だ！」

「従前話していたように、日本人に強く圧力をかけてはならん」アジア局長を手で押し止めて、ゴルチャコフは歩きながら最後の助言をした。「だが話を引き延ばすようなことはさせてはならん！　あまつさえ、サハリンに関する交渉をペテルブルグで行おうと言ってくるような狡《ずる》い奴らだ。あたかもその戦術は交渉を長引かせるもうひとつの方法であることを我らが分からないかのように！　ストレモウホフ局長！　交渉においてエノモトによくよく分からせろ、お前たちがなぜ懸案の島から離れた場所で交渉を行うことを思いついたか、我らには分かっていると。さあ時間だ、成功を祈る！」

職員がストレモウホフの前に交渉の間へ続く高い扉を両開きにした。アジア局長は近づいていって、ほぼ同時に部屋の反対側の端から日本国特命全権公使榎本武揚中将がゆったりとした歩みで入ってくるのに気づいた。

双方は形式的な挨拶を交わし、アジア局長は公使に自分の向かいの広い机につくよう勧めた。榎本の隣には通詞志賀浦太郎が座り、ストレモウホフの左にはアジア局員マルトフが陣取った。外務省の議事録係が紙束を持って、部屋の隅に置かれた桶に植わった椰子《やし》の下の小さな机に音を立てないように場所を取った。

公式会合を始めるにあたり、ストレモウホフは友好的な微笑みを浮かべて、ペテルブルグの居住環境はどうか、公使はご機嫌いかがかと尋ねた。公私にわたり日本国外交団に必要な物事全てが与えられていることに充分な感謝を述べる返答を受けると、ストレモウホフは満面の微笑みを少し緊張させて、早速自分の紙ばさみを手に取りながら尋ねた。

「公使殿、前回の交渉以降、サハリン島の領有権帰属問題について貴国政府から日本側の立場に関する何らかの情報や訓令を受領されておりませんかな？」

質問は言ってみれば答えにくい狡猾なものだった。本国と迅速にやり取りをするために日本国公使館に置かれた電報機械は、ひそかにロシア外務省の通信部の監督下に置かれていた。日本人が何らかの電報を受け取るや否や、写しが即刻外務省暗号局長ドルマトフの机に置かれた。省内の電報手たちは送信電報を傍受することもできた。前回会合以降、日本国公使館から本国へ送られた電報は、皇帝の招きに応じて行われたクロンシュタットと皇帝の別荘訪問に関する榎本の詳しい報告たった一通だった。

ほかに電報がないため、ドルマトフ配下の暗号解読員たちは電報に書かれた訪問プログラムの内容を皇帝の行幸の儀典と細々と比べ、日本国公使の電報報告を縦にしたり横にしたりして吟味した。だが、秘密の情報や符号を文中に隠す手がかりとなるようなよくある不一致も不整合も見つけられなかった。

榎本が外交文書をほとんどやり取りしないことでロシア外務省の職員たちは半狂乱になった。ペテルブルグに駐在する他の外交団はすべて「人間らしく」振舞っていた。日に一度、十通前後の電報を送受信する、集中的に書簡をやりとりする、急使を送り出し、受け入れる。これら文書の山は殆ど全て暗号がかけられていた――だが、これは暗号局長が言うには「味気ない毎日に胡椒《こしょう》ひとつまみ加えるにすぎない」のだった。外交文書は捕捉され検閲され、熟練の外交伝書使たちは水色の封筒から絶対に目を離さなかった。十九世紀の後半には、伝書使の買収、やたら小難しい暗号の解読コードの販売や転売は、国際的に通例となっていた。

それが何もないのだ！　高貴な家族が退屈な静養をしているだけなのである……。

電信と書簡の発信が最小限であることを理由に、日本人たちは〈屋根の下でのやりとり〉、つまり他国の郵便箱から機密文書を受け取っていることを疑われた。大抵こうしたやりとりは友好国大使館か、以前からロシアに潜り込み誰からも疑われなくなった個人を介して行われていた。そのような〈屋根〉をこじ開けるには、その在外公館の職員とそこに出入りする者を全て例外なく――自由契約の火夫や洗濯女まで――完全に監視するしかなかった。

この疑いが晴れたのはペテルブルグで念には念を入れて監視をし、東京駐在のロシア人外交官たちからも間接的に裏を取って二カ月後のことだった。日本政府関係者の間で、不特定の情報源からロシア関係のニュースが出ていることは確認できなかったのである。

予想通り日本から何のニュースも聞こえてこないと榎本に言われて、ストレモウホフは内心顔をしかめた。こいつらの立場に変更がないということは、石橋のたたき合いが続いてしまうことになるではないか！　そこでストレモウホフは、直近サハリン問題に関して両国の立場に歩み寄りがないかとの期待をあえて口にした。

「さて公使殿、前回の会合によれば、懸案となっておる領土の陸地の国境に関する貴国側の立場に変更なしということで終わっておりましたな？」眼鏡を鼻の先までずらして、ストレモウホフは自国外務省の議事録係と日本の通詞の注意深さを確認するように、固い目つきで二人を交互に見やった。

両人が発言を確認しつつ重々しく頷くと、アジア局長は続けた。

「公使閣下、我が国としてもそのような姿勢は全くもって受け入れがたいことを再度言明しておく必要がある。公使殿は貴国の前政府トクガワ将軍によって署名された、一八六七年以降の国境に関する両国間の合意〔一八六七年の仮規則を指す〕に基づいておられます」

榎本が頷き、前提を確認しようと口を開けた時には、ストレモウホフがせかせかと先を続けた。

「しかし公使殿、貴国の現政府は、前政府の締結した国際合意からあらゆる方法で逃れようとされているのではありますまいか。我が国による南サハリンの開発は常に貴国の官吏の抵抗にあってきた！　内閣職員のオカモト・カンスケ氏〔岡本監輔〕が一八六九年六月に、天皇政府はトクガワ将軍時代の全ての合意は無効であり法的拘束力を持たずと言明されたのを想起されたい。国際法は政府の構成の変更を理由とした条約の無効化を認めないことに留意頂きたい」

「岡本氏がサハリンに関する具体の合意を意図していたとは思いません」日本国公使は相手を落ち着かせるように片手を上げた。「近年の先例全てが、我が国と貴国は完全に共同でひとつの島の開発が可能であるということの証左となっていることにいかなる疑いもありません」

「その確信に完全に賛同したいところですが、その目で真実をご覧いただきたいものですな、公使殿。全ては希望的観測の域を出ない。その希望が確実でないことが先例に表われているのではありませんか。それから閣下、今日の貴国政府の大切なご友人を考慮しないわけにはいきますまい。アメリカとイギリスのことだ。ここに、我らの交渉が行われている過去数カ月間のサハリン問題に関する新聞記事の切り抜きを持ってきています。よろしいですか、ロシアの新聞ではない、貴国のもの、英国及びアメリカのものです！」

ストレモウホフはカードゲームをするように日本国公使の前の机に器用に切り抜きを並べて言った。

「これら刊行物全てに、貴国及び他国の権威ある情報源からの引用が含まれており、貴国が英米の後ろ盾を得て南サハリンに対する立場を継続的に主張される証拠となる具体の人物名が挙げられています。英米の商船及び軍艦は、入植者、送還される罪人、軍隊を貴国からサハリンへ輸送しているだけではなありません。公使は英国船コルモラント号の名をご存知でありましょう。では、九月にハコダテを出航したデニソン船長指揮下のコルモラント号がサハリン沿岸に三カ月近く停泊していたのをご存知ですか？　この遠征はまさか漁や休息のためのものではありますまい、沿岸の下調査と湾の深度の測量を実施し、南サハリンの石炭産地のデータを収集していたのです。そして公使殿、これはロシア人記者が暇つぶしのために思いついたことではない、貴国とイギリスの新聞から読み取ったデータです！」

「ストレモウホフ局長、どこの国の新聞記者もそう違いはありません」榎本は微笑んで言った。「皆、空騒ぎと根拠のない噂を好みます！」

「ではイギリス船シェールス、オオサカ、ニンフ、アキンドその他がハコダテやアニワへ数百の入植者、軍人、糧食及び武器を移送しているという報道はいかがでしょう？　軍隊と入植者だけでなく大砲二門を貴国から我が国固有の領土へ持ち込んだアメリカ商船ヤンジー号は？　もはや漁撈のためではありますまい、公使殿。そしてこれら報道をも新聞のデマと言い得るでしょうか、エノモト殿。そうであればご覧に入れましょう。これは貴国政府によりサハリン全土の植民化につぎ込まれた支出に関する貴国開拓使の報告だ」ストレモウホフは自分の深い紙挟みから数々の署名と印で飾り立てられた文書を器用に引っ張り出して、相手の前に突き出した。

文書を見るや、榎本は即座にアジア局長の前の紙挟みに不信に満ちた目を向けた。

「危険な紙挟みをお持ちですな、閣下！」皮肉の欠片《かけら》も見せず榎本は言い切った。「そこにはたくさん似たような……証拠が入っているのでしょうか？」

「サハリン全島に関する我が国の主張の合法性を全面的に裏付けるには全くもって充分だ」

先ほど同様大真面目にストレモウホフが言明した。

「お伺いしたいことがあります、ストレモウホフ局長」榎本が相手の視線を捕えようとしながら身を乗り出して言った。「ご質問は外交儀礼を逸脱するかもしれません、その時は当方の国際政治の舞台の経験が少ない故と謝罪するほかありませんが……」

「何を言われます……どうぞ！」ストレモウホフは薄笑いを浮かべた。「問いかけ合うために、我々はこうして一堂に会しているのです！」

「もしこの島が貴国にとってそこまで重要であるなら、閣下は当方から見れば完全に受容可能な提案、我が国と韓国との戦争の際には貴国が中立を保つという義務を負う代わりに我が国が南樺太の請求権を棄却するという提案をなぜ黙殺されるのです？　貴国に求めているのは我が国軍の貴国領土への上陸承認だけです。保障も相互の領土的譲歩も一切要求しておりません……」

ストレモウホフは椅子の背に反り返り、今度は自分が相手の顔を試すように見つめた。そして椅子を机から少し外しながら、とうとうゆっくりと体を動かした。

「真実の回答をお望みですか？　公式回答でなく？　エシポフ、休憩だ！」

議事録係は薄く笑って羽根ペンを台に置き、椅子の背に寄りかかると自分の前で手を組んだ。

「さて閣下、非公式ということなら……。お話ししましょう。より正確には諺の繰り返しになるが――ちなみに我が国の諺は非常に的を射ています、エノモト閣下！　他人の悲しみの上には幸せは築けない、これが我々の理屈です！　世界の歴史を思い出してみられよ、エノモト閣下。いかなる暴君も、奴隷となった国民の中では幸せは得られないのです。マケドニアのアレクサンダー大王然り、ペルシアのダレイウス然り。そしてもし我が国がそのような国家であったならば、韓国には恥ずかしくて長年にわたり顔向けできないことになります。そして貴国は頭痛の種だけ持つことになるでしょう。さて公式回答としては……エシポフ、書いてくれ！　公式回答としては、貴国の側に立ち中立を破ることは今後の我が国の利とならない。そして長年にわたり韓国と清国に政治的混乱の原因を与えることになります」

「率直にお話し下さりお礼申し上げます、局長！　よろしければ先を続けましょう。仮に我が国政府が南樺太に関する貴国の主張を了承したとします、仮にです！」榎本は意味ありげに人差し指を立てた。「そして我が国政府が仮に島の領有権を譲り渡すことに同意したとして、引き換えに例えば、貴国は新しい軍艦建造に関連してすでに備蓄している古い木造船舶の権利を我が国へ譲り渡す。どうです、ストレモウホフ局長？　領土と漁業と、そして島南部に何十年とかかって日本人が建てた建造物の代償としては小さなものでしょう！」

「ご冗談でしょう、榎本閣下！」ストレモウホフは不満げに薄笑いした。「貴国に船舶を渡すと？　船舶がないが故に貴国の韓国への権利拡張はこれまで遅れてきたのでしょう。船舶を渡すなど、貴国の軍隊が韓国沿いに我が国領土への攻撃を集中させるのを許すに等しい。エノモト閣下、貴殿は全くもって明らかに交渉相手を馬鹿にしている！　貴国に船舶を渡す――そうなれば貴国は間もなく艦砲の照門越しに南サハリンを見始めるのではありませんか？

結構です、エノモト閣下！　交渉は袋小路に入っているようだ。本日のところはこれで打ち切りにしませんか」

だが、以前は厄介な交渉を中断するあらゆる可能性を探るのに明らかに満足していた榎本が思いがけず反論した。

「いや、ストレモウホフ局長！　本日は以前より一段と互いに理解が深まったようです！　短い休憩を挟むことには反対しませんが、本日喜んで交渉を継続する用意があります！」

「ご随意に！」ストレモウホフは両手を広げた。「小休止としましょう。二時間で充分ですかな？」

「一時間で充分でしょう！」日本国公使は明るく応じた。「局長、もしコーヒーをご準備下さるなら、喜んでご招待お受けします！」

ストレモウホフは今日もう何度めになろうかという疑いの目で日本国公使の顔を見据えた――この上なく危険な相手だ、何でも同調しよってて！

「客人のご希望は、我が国では法律も同然です」ストレモウホフは覚悟して頷いた。「閣下、このたびは茶一杯のお誘いをお受けいただくこと、賛同頂けませんか？　むろんウラタロウ中尉もご招待します。ご賛同頂けますか？　よろしい、では後について食堂へどうぞ」

一等から五等までの文官用の大きくない省内の食堂は人気《ひとけ》がなく、客人の方へさっと向かってきたのは給仕長フョードル・ステパニージ、背が高く驚くほど痩せぎすで全く年齢不詳の男だった。若いころフョードルは二十年ほど皇帝のヨットの給仕長として航海をし、数多くの国に滞在した。そして何百という料理のレシピだけでなく、高位の客人のために海外の皇族から供された祝賀会用の昼食、朝食、夕食の全てのメニューを記憶にとどめていることで知られていた。

「やあ、フョードル」ストレモウホフは快活に挨拶した。「見ての通り、朝早くから邪魔した。何から出してくれる?」

ステパニージは、瞬間品定めするような視線を日本人に投げ、アジア局長の肩越しに頭を下げた。

「もっと早く仰って頂ければ、閣下……。これはこれは突然のお越しで――さすがに昼食には少々早すぎましょう。どうかご寛恕頂きたく……。ザリガニスープのピロシキ添えでもいかがでしょう。チョウザメの塩味スープ《サリャンカ》はお薦めです。もしお時間がおありでしたら、十五分ほどで若鶏とシギのフランス風をご用意できます! 失礼ですがお客様は日本の方ではありませんか?」

「そうだそうだ、フョードル」ストレモウホフは薄笑いした。

「それでしたら、日本の方の伝統的なお好みから申せば、野菜のファンタジー、つまり大根、ケーパー、アスパラガスを添えた煮込み飯もすぐご用意できますが……」

「いかがでしょう、当省でどんなに有能な人材が働いているかお分かりですか、エノモト閣下？」ストレモウホフは榎本の方へ向き直った。「誰をフョードルに会わせようがすぐ見分けて会う人の国の料理の特性を思い出すのです。よし、フョードル、お前が決めて持ってこい！　公使殿、お飲み物は何をお持ちしましょうか？　食欲増進のためには拒まれませんでしょう？」

榎本はかぶりを振った。

「貴国のワインや果実酒は強すぎます、閣下！　お断りしてお気に障ってはいけませんが、もっと危惧するのは貴国の飲み物を飲みますと休憩が長くなり過ぎるのではということです」

「サケの方がお好みですか、公使殿？」給仕係が突然割り込んで、親切にその品の良い長い鼻を日本人の方へ向けた。「日本の弱いウォトカと煙草もございます、閣下。いくらか温めてお持ち致します。ご希望とあらば探してまいります」

「よし、探してこい！」ストレモウホフが笑って言った。

「ただいま！」そう言ってステパニージはカーテンの後ろに消えた。

榎本が大層驚いたことに、食堂には本当に日本のウォトカの入った小さい素焼きの細首の入れ物があった。ただし専用の陶器の器ではなく、ガラスの脚付きグラスに注ぎ分けられた。酒を飲んでみて榎本は水筒に似た形の陶器の平たい水差しを長いこと見、表示のラテン文字から飲み物は何なのか品定めしようとしていた。二杯目を飲み干して、榎本はこのようなものはかつて飲んだことがないと白状した。

「昔からある製法です！」ステパニージはまばたきせず平然と言った。

ストレモウホフは高位の客人が飲み物に本心から興味を持っているのを見て取ると、すぐに指図した。

「二本目の水筒を包んで差し上げろ、フョードル！　公使殿が我が国のもてなしを爾後記憶に留められるように！」そして給仕係の心底ためらった表情に気づくと繰り返した。「行け行け、フョードル！　三本目も探せ、ウラタロウ中尉も気を悪くされんように」

「かしこまりました……」

即席の軽食とコーヒー、煙草を終わらせ、ストレモウホフは時計をちらりと見て、儀礼上一応榎本に尋ねた。

「さて、公使殿。本日の交渉を続行する意思がおありですか？　お考えは変わらない？　ならば交渉の間へどうぞ」

日本人を前へ通しながら、アジア局長はカーテンの後ろから目の端で給仕係ステパニージのやけくその身振りを捉えていた。

「皆様方、失礼！　少々指示を出してきます。取り急ぎ廊下をまっすぐお進み下さい、階段のところで必ず追いつきます」日本人を見送って、ストレモウホフはフョードルの方へ戻ってきた。「おい、一体何があった？」

「台なしにしないでください、閣下！」フョードルは、アジア局長の耳元に走ってきて、ゆったりと遠ざかっていく日本人をひっきりなしに見やりながら絶望を込めて囁いた。「良かれと思ってやったんですよ！　要はアジア人を出し抜いてやりたかったのですよ！　ロシア人も馬鹿じゃないってところを見せてやりたかったんです！　ろくでなしのエルモレンコに追い込まれたんです。日本人がどんな罰あたりでも、素焼きの水筒なんぞ渡してはいけません！　醜聞です、国際スキャンダルにしかなりません！」

ストレモウホフはしびれを切らして給仕係をカーテンの奥へ突っ込み、速く話せ、だが慌てるな、と命じた。はっきり喋れ！　どんなスキャンダルだ？　誰をどう出し抜こうとしたのだ？

ステパニージはちょっと落ち着くと、意気消沈して懺悔《ざんげ》し始めた。外務省の食堂に日本の国民的な飲み物であるサケが置いてあると言って彼らを驚かそうと思い、その作り方を噂に聞いて知っていたので、小ロシアのウォトカの新酒を然るべき「基準値」まで薄めて、日本風の米のウォトカを即席で自ら作ったのである。フョードルが誇らしげに報告したところによると、それはなかなかうまく行き、自分と一緒に皇帝のヨット皇帝旗号《シュタンダルト》で働いていた料理人も認めるほどであったということであった。

皇帝旗号《シュタンダルト》にいた上級乗客係のエルモレンコが首をつっこんでこなかったら、すべてうまく行っていたのである。日本のウォトカは、作ったら素焼きの小瓶から注ぎ分けるのだと明言したのだ。加えてエルモレンコが確かに知っていた通り、サケは少々温めもするのである。そのエルモレンコが、何だかラテン文字で書き込みがなされた水筒もどこかで手に入れた。ラテン文字の意味を考えず、料理人たちは水筒に割り物の密造酒を溢れるほど満たし、ステパニージは勝ち誇って「サケ」を高位の客人に供したわけである。

「そうしたらさらに閣下までその水筒をお客様に『土産』として渡すように言われた」ステパニージは落ち込んで囁いた。「もう一本『新酒の結婚』を作るなど朝飯前！　エルモレンコに聞きました、一体どこで素焼きの小瓶を手に入れたのかと。薬剤師のところにたくさんあったとこう言うのです！　薬剤師のところへ使いをやった、そいつが出しぬけに聞いてきた、何のために外務省の皆様に女性用の性のおもちゃが突然必要になったのかと。私は腰を抜かしましたよ、閣下！　女性用って何だ？　どんなおもちゃだ？　そうしたら薬剤師は水筒の書き込みについて教えてくれましたが、水筒だなどとんでもない話だったのです……」

アジア局長の耳に鼻をつっこんでフョードルは何言か囁くと、さっと飛びすさって、〈自主性〉に対するいかなる厳しいおとがめも受ける従順さを見せた。

ストレモウホフは耐え切れなくなって低く笑い出した。そう遠くないところで立ち止まっている日本の客人に聞こえないよう、ずいぶん埃だらけのカーテンに顔を埋めて笑うことになった。

笑いが止まるとストレモウホフは即刻真顔になった。給仕係の燕尾服の真ん中のボタンを引っ掴むと、本気で叱りつけた。

「おいフョードル、子供の頃に父親の鞭が足りなかったと見えるな！　もういい年なのに、お偉方をだまそうという習慣がまだ抜けきらんようだ！　この向こう見ず野郎、お前日本人がラテン文字を知っているかもしれないとは考えなかったのか?!」

「だから自白しました……」

「分かった……。日本人にはうちの料理人が土産物をちょっと洒落こんで包んでいる際、水筒を石造りの床に落として割りましたと言っておく。全くもって申し訳ないと。しかしフョードル、お前には罰を与える。どこでもいい、奴らの国へ赴いてでも、次の木曜日までに本物の日本のウォトカを手に入れてこい！　いいな？　それもああいうイチヂク型の容器入りじゃない、天然物以外は認めんぞ、分かったか?!」

「分かりました、旦那様、局長閣下！　サケ、あの忌々しいやつ、どこで手に入るかもう知っております！　仰せの通りに……。どうぞご心配なく！」

日本人に追いつくと、ストレモウホフが見たのは榎本と志賀の好奇心に満ちた言い争いだった。二人はストレモウホフを尊重してすぐドイツ語に変えた。争いの焦点は素晴らしいサケの品質と内容物だった。志賀浦太郎は、ライ麦の風味は日本最北の島産のウォトカ固有のものだと主張した。榎本武揚は日本北部に長く住んだことがあって志賀には賛同せず、ウォトカ自体と素焼きの容器の形が、南方産であることの証拠だと言明していた。

意地の悪い笑いを隠蔽するべく、ストレモウホフは交渉の間への道で何度か立ち止まり、大きなハンカチを口に当てて長いこと咳払いをすることになった……。

交渉の間で先ほどと同じ位置に陣取ると、ストレモウホフは再び紙挟みから切り抜きと紙を出して並べた。そして軽食の後残っていた緩やかな表情の余韻を顔から消すと続けた。

「さて皆様方、ロシア側としては貴国に生じる損失の補償として、確かに古いが充分に機能する軍艦を引き渡すことではできないと申し上げました。少し前には、貴国と韓国の対立の危機に際してお申し出のあった、我が国が中立を破りえるような選択肢も否定しました。提案の数々とそれに対する答えが出尽したと考え、こちらのご提案としては、公使閣下、ずいぶん長引くサハリンの国境画定問題の別の解決策を共同で探ってはいかがでしょうか。宗谷《ラペルザ》海峡で貴国との国境を引くということの上なく論理的な我が国の要求から話を始めましょう！」

榎本は賛同の意思として頷いたが、以前の煮え切らない立ち位置で交渉を留保しようとした。

「当方が知る限り、ストレモウホフ閣下、貴国の政界には樺太に対して完全に逆のお立場もあるやかと存じます。島における紛争を完全に終結させ、日露関係を強化するため、樺太を日本に引き渡すことを支持する強いお考えのことを申し上げています」

「もう結構だ、公使殿！」ストレモウホフは首を振った。「もう結構です。貴殿は間違いなくフランスのジョレス代理公使の作り事のことをおっしゃっておりますな。そうであればなぜ、ビンガム駐日アメリカ大使の全くもって妄想的な説明をも引き合いに出されないのです？ビンガム大使は貴国の外務省を支援し、我が国は即刻ホッカイドウを奪取するべく日本がサハリンを妥協するのを待っていると貴国政府に吹き込んでおられます[1]」

「樺太を日本に引き渡すという選択肢はないということですな？」榎本は確認した。

「ありえない」ストレモウホフは断言し、部下と議事録係を一瞥した。「我が国としては、閣

1　サハリンを巡る日露間の長引く紛争に関心を持つフランスとアメリカの外交団による実在の声明を指している。

下に対し率直に提案する。サハリン島を我が国に引き渡す代わりに、同島南部に貴国の入植者が建てた建造物分の補償を受け取ることを検討されてはいかがでしょう。補償として、我が国政府としてはクリール列島〔千島列島〕のうち四島を貴国に引き渡すことも検討する用意があります」

提案の最後の部分を口にしながら、ストレモウホフは日本国公使から注意深い視線を外さなかった。外務省アジア局へ入った情報によると、領土問題のこの解決策こそ日本政府から榎本にロシアへの出立の前日に伝えられていたものであった。実際、交渉のこの段階ではクリール列島の全島が話に上る可能性があった。

だが日本人の表情に乏しい顔つきはちらとも変わらなかった。ただその眉が、まるで交渉の思いもよらぬ方向転換に対する礼儀正しい驚きを裏打ちするようにちょっと持ち上がっただけだった。

「つまり貴国は、我が国に樺太全島の引き渡しを求める代わりに、千島列島の四島と、樺太の建造物に関する我が国の支出と同額の補償を提案されるということですな？」榎本は確認した。

「その通りだ、公使閣下」

「貴国のご提案を急ぎ本国政府へ申し伝えます」榎本は明言した。「だが樺太の建造物の正確な台帳を準備するにはやや時間を要します」

「貴国政府にはそうした台帳が本当に存在しないのですか？」ストレモウホフは慇懃な驚き

を見せた。「先ごろ貴国に設置された移民局は北方の島々の開発を所管し、近年ではサハリン南部沿岸の人口調査のみに携わっていたと理解しています。なお貴国駐在の代理公使ストルーヴェからの最近の報告もあります。ストルーヴェは貴国政府に対し貴国の支出の算定を我が国に委託するよう申し出たと書いています。だがこの提案は拒絶されました……」

「本国政府にはそのご要望も申し伝えましょう、ストレモウホフ閣下」榎本は頷いた。「個人的には、ご要望は順当かつ妥当と思えます。だが論理的な観点から、サハリンと千島列島との交換のご提案に関する個人的見解を述べさせて頂きたい。アジア局長閣下、最南端の四島のみならず千島列島全島を含むご提案ならば、我が国政府は並々ならぬ関心をもって検討するでしょう。ストレモウホフ閣下、ご覧の通り、我が国には生きる場所が必要だ。しかし懸案となっている島々は樺太南部との交換案と釣り合うとは思えないほど小さい」

「それは間違いない」ストレモウホフは微笑した。「だが中将殿、貴国に千島列島を全島引き渡すと、我が国は自国海軍の太平洋への出口を失うことになることをご理解下さい。もっぱら軍事的観点から、全島引き渡しは当方には妥当ではない。ところで本案について貴殿の部下、アシカガ・トメオ殿はどう考えられるでしょうか？　アシカガ殿は貴国外交団において軍事省を代表しておられるはずだ――だが交渉においては残念ながらなぜかお見かけしない……」

「足利には個別の任務と関心領域があります」榎本は冷淡に応じた。「かつまた目下足利中尉は任務のためオランダへ行っています」

「オランダへ？」ストレモウホフは慇懃な驚きを見せた。「月並みな言い方で申し訳ないが、中将殿、世界は広いようでやはり狭い。正に昨日、在仏外交代表部のヴェクレールから報告を受領しました。驚かれるかもしれませんが、アシカガ中尉を最近パリで目撃したというのです。中尉とはここペテルブルグの外交上の催しの一つにおいてお近づきになっていたそうです。かつパリで中尉を目撃したのは電信電報局で、完全に予定外だったと理解しています」

「さようですか、偶然であると？」榎本は分かっている風に微笑んで言った。「なるほど、そうであれば貴殿に賛同するほかはありませんな。世界は実に狭い。いや、足利中尉について言えば、先ほど幸いにも閣下に申し上げた通り、関心領域が個別にある。そして全く別の任務があるのです」

ストレモウホフと目が合うと、榎本は突如予想外の行動に出た。隣りに座る通詞志賀浦太郎の方に目配せし、同時に唇に指を押し当ててちょっと分かるように首を振った。

「了解した」ストレモウホフは噛み締めるように言い、自分の前の机に並べてあった切り抜きや書類を集め始めた。「中将殿、当方の理解が正しければ、貴国は国境画定に関する我が国の新しい提案を受領した後、交渉中断を望んでおられる。中断期間は我が国の提案を本国政府へ通達されるために必要な時間、加えてサハリン南部の建造物の完全な台帳を整備するに必要な時間です。可能な補償をより具体的にするために」

「そのように議事録にも記載しましょう」榎本は頭を下げた。「交渉中断は三カ月で十二分かと存じます」

交渉参加者は全員椅子から立ち上がり、儀礼的な握手と一礼を交わした。日本人外交団を送り届けながら、ストレモウホフは榎本とペテルブルグの名所旧跡について気軽な会話を始めた。外交団長同士が差し向かいで話をしたがっていると分かり、随行の者たちは別れを告げてその場を離れた。

日本人を自分の執務室へ招くとこの後の会話が不必要に堅苦しいものになると考えて、ストレモウホフは重いカーテンで半ば覆われた近くの出窓の方へ榎本を連れていった。

「さてエノモト閣下、何か当方と二人きりでお話しがあったのでは?」

「いや実は人のいるところで足利留夫中尉に関する話を続けることは望まなかったので」榎本は頭を下げた。「いくつか確認のために質問させて頂いてよろしいですか、局長殿」

「もちろんです。そして可能な限り喜んでお答えしましょう」ストレモウホフは僅かに微笑んだ。

「足利中尉には公使館において完全に独自の任務があることは確実です。そして当方に対して報告はありません、部分的に説明するだけです」榎本は慎重に言葉を選びながら語り出した。「足利のオランダ行きについて申し上げましたが、閣下を混乱に陥れるつもりはなかったのです、ストレモウホフ閣下。自分は足利が当方に説明してよいと考えたことを復唱しているにすぎません……。足利がパリで目撃されたのは確かですか?」

「その通りです、中将殿。間違いない。ヴェクレールは本省の人間だ、ペテルブルグ駐在の全ての外国人外交官の顔を熟知しています」

「では閣下の仰ったパリでの邂逅《かいこう》はどの程度偶然であったのでしょう、局長殿。もちろんこのいささか礼儀をわきまえぬ問いにはお答え頂かなくても結構ですが、真実を知りたいと心から願うものです。率直に答えて頂いても後悔されないことは請け合いです、ストレモウホフ閣下！」

「うむ……閣下の外交団員に秘密の監視がついていたことを白状させようというのですな。そういうことであれば、当方の誠意は高くつくかもしれません、エノモト閣下！　ことに貴殿に対する皇帝陛下の並々ならぬ温情を考えれば」完全にふざけた口調で満面の笑みを見せていたが、アジア局長の灰色の目は突き刺すようであった。「であるからそのパリでの出会いは偶然であったということにしよう！」

「なるほどそうであったとしよう。いずれにせよ、申し上げておくことがあります、ストレモウホフ局長。当方が貴殿に語ることを活用していただいて構わないが、どこから聞いたかは伏せて頂きたい。今後一切、本日の会話があったことは否定します」

「承知しました。可能な限り節度をもって対応することをお約束しましょう。さて、エノモト閣下？」

「明々白々な話から始めます。開始した交渉の速度が貴殿にはご不満だ、間違っておりますかな？」

「その点は認めざるを得ません。サハリン問題の解決に時間がかかっていることを考慮し、我が国は交渉における大いなる進展を望むものです」

「貴殿も貴国の愛国者であるのと同様、自分は日本国の愛国者です、ストレモウホフ局長、本当です。そしてこれも貴殿同様、本国政府に対しきわめて厳格な責務を負っています。換言すれば、我々は遺憾ながら他人が考え付いた原則に従って行動しています。かつ我々にはその原則を変更する力はありません。さらに言えば、当方は貴国に対しサハリンに関するまぎれもなく具体的な提案を行う全権を有しています。貴国が完全に満足する提案であると期待しています。だがストレモウホフ局長、当方は時間の枠に縛られています。当方はその提案を俎上に載せる権利を有しているが、一定の時間が経過したときのみです。あるいは本国政府の直接の命があったときのみです」

「了解した、中将殿。その上でもう少し申し上げましょう。自分は今般の交渉における貴殿の役割は理解して対応しています」

「かたじけない。足利中尉についてですが、今般の交渉における本人の役割は、当方にすらも明らかでないのです。本当です。すでに申し上げた通り、当方自身多くは与り知らないのです。確実に関知していることについては、残念ながらお話しすることは叶わない。足利の直属の上官としてひとつ申し上げれば、足利中尉は貴国の敵だ。そして我々が現在実施している交渉の敵対者だ」

 やや黙して、榎本はストレモウホフの目をまっすぐに見つめて言った。

「足利中尉のパリでの行動について、お話し頂けますまいか?」

「全てお話しするわけにはいかない、エノモト閣下。当方も閣下に誤解して頂きたくないのです。ヴェクレールが確認した事実、アシカガ中尉が不思議な内容の電報を送ったということで充分でしょうか？　それも通常予測されるようにトウキョウ宛ではない、カゴシマ宛です」

「閣下のご同僚はその電報の文面を調査することは叶わなかったのでしょうか、もちろん完全に偶然に。あるいは宛先を確認するなど」

「うむ……。当方が認識する限りでは、ヴェクレールが立っていたのは国際電報を受電する窓口です。アシカガ中尉にはフランス語の問題があります。そのため電報局員は可能な限り正確に電報の文章を書きとろうとして、その内容を声に出して繰り返し読み上げました。電報はカゴシマのとある織物商人に宛てられていました。内容は購入した何らかの布についてでした――以上が当方の認識のすべてです、エノモト閣下。ヴェクレールには、日本陸軍の中尉にして外交団員の一員が、パリで自らの任務からここまでかけ離れた話に関与していることが不思議に映ったのです」

「局長殿。これまでご存知なかったのであれば申し上げておきますが、鹿児島は我が国陸軍大将の本拠地があるところです。足利はその一員です。ですから、実のところ電報は正に司令部へ宛てられたことは疑いありません。また電報に暗号化された内容が含まれていたことも疑いようがありません。それもペテルブルグから送る危険をおかさなかったほどに重要な内容です」

「だが別の考え方もあるでしょう」ストレモウホフははっきりと遮った。「パリでこそアシカガ中尉が何かしら本人にとって重要なことに気づいたということも充分ありえる。あるいはフランスでしか上官の秘密の命令を遂行できず、その報告を行ったということも」

「ええ、それもありえます……。貴殿の誠意に感謝します、ストレモウホフ局長！　今日の会話は秘とすることをお約束します。局長閣下、今はまだ当方のことを貴国の友人と呼ぶことはできないでしょう。自分は日本国民で、その全権代表として貴国に駐在しています。そしてお話しした通り、命ぜられた通りにふるまわざるを得ない。だが局長殿、自分は本当に貴国の友人になりたいのです。そして交渉をできる限り誠心誠意進めようと腐心しているのです」

「率直な話ができて感謝します、中将殿。お見送りしますか？」

「是非。いずれにしても、互いに課された任務を遂行し、交渉を双方受け入れ可能な結論へ導けるよう望むものです。局長殿、これにてお暇《いとま》しましょう！」


（下巻につづく）

ヴャチェスラフ・カリキンスキイ
1951年にカザフスタンのセミパラチンスクで生まれ、セミパラチンスク教育大学文学部を卒業後、軍務を経て地元の新聞社に勤務。1980年代に故郷を出てサハリンの新聞社に移り、2004年からは作家活動に入る。サハリンに居住した実在のロシア人を主人公にした歴史サスペンス『軍団兵』を2012年に発表、その執筆の過程で知った榎本武揚の「数奇な運命に感銘」して『アンバサダー——引き裂かれた島』（邦訳本書）を書きあげた。その作品の主要人物であるロシア人将校ベルグを主人公にした長編を現在執筆中。サハリン在住。

訳者　藤田　葵（ふじた　あおい）
1982年兵庫県生まれ。東京大学文学部歴史文化学科日本史学専修課程卒、同大学院総合文化研究科国際社会科学専攻国際関係論コース修了。修士（教養）。大学、大学院時代に日露・日ソ関係史を専攻。大学院修了後、コンサルティング企業を経て、現在は農業人材育成企業の代表を務める。

群像社ライブラリー38
駐露全権公使《ちゅうろぜんけんこうし》 榎本武揚《えのもとたけあき》（上）

2017年12月13日　初版第１刷発行

著　者　ヴャチェスラフ・カリキンスキイ
訳　者　藤田 葵

発行人　島田進矢
発行所　株式会社 群 像 社
神奈川県横浜市南区中里1-9-31 〒232-0063
電話／FAX 045-270-5889　郵便振替　00150-4-547777
ホームページ　http://gunzosha.com　Eメール　info@gunzosha.com
印刷・製本　モリモト印刷

カバーデザイン　寺尾眞紀

Вячеслав Каликинский
Посол : разорванный остров

Vyacheslav Kalikinsky
Ambassador : broken island

ISBN978-4-903619-81-1
万一落丁乱丁の場合は送料小社負担でお取り替えいたします。

群像社の本

ペテルブルグ物語　ネフスキイ大通り／鼻／外套

ゴーゴリ　船木裕訳　角一つ曲がれば世界が一転する都会の大通り、ある日突然なくなった鼻を追いかけて街を奔走する男、爪に灯をともすようにして新調した外套を奪いとられた万年ヒラ役人に呪われた街角―。ロシア・ファンタジーの古典的傑作選。

ISBN4-905821-26-6　1000円

サハリン逍遥　片山通夫写真集

かつての日露国境の島・サハリン（樺太）に住むコリアンの取材で15年間通った写真家が自然や人びとの暮らしをおりにふれて撮りためた素顔のサハリン。さりげないアプローチでとらえた被写体にユーモラスな文章をそえたフォト・エッセイ。

ISBN978-4-903619-75-0　1800円

春の奔流　ウラル年代記①

マーミン＝シビリャーク　太田正一訳　ウラル山脈の山合いをぬって走る急流で春の雪どけ水を待って一気に川を下る小舟の輸送船団。年に一度の命をかけた大仕事に蟻のごとく群がり集まる数千人の人足たちの死と背中合わせの労働を描くロシア独自のルポルタージュ文学。

ISBN4-905821-65-7　1800円

森　ウラル年代記②

マーミン＝シビリャーク　太田正一訳　ウラルでは鳥も獣も草木も、人も山も川もすべてがひとつの森をなして息づいている…。きびしい環境にさらされて生きる人々の生活を描いた短編四作とウラルの作家ならではのアジア的雰囲気の物語を二編おさめた大自然のエネルギーが生んだ文学。

ISBN978-4-903619-39-2　1300円

オホーニャの眉　ウラル年代記③

マーミン＝シビリャーク　太田正一訳　正教のロシア、異端の分離派、自由の民カザーク、イスラーム…さまざまな人間が煮えたぎるウラル。プガチョーフの叛乱を背景に混血娘の愛と死が男たちの運命を翻弄する歴史小説と皇帝暗殺事件の後の暗い時代に呑み込まれていく家族を描いた短編。

ISBN978-4-903619-48-4　1800円

価格は税別